W0249330

Ce livre est un roman. Les personnages principaux et les situations décrites sont purement imaginaires. Toute ressemblance avec des personnes ou des évènements existants ou ayant existé, ne serait que pure coïncidence et fortuite.

Remerciements à :

Lydie HERBAUT qui a assisté l'héroïne
dans les tourments de l'auteur…
LOUIS du BOURGET et sa captivité en Allemagne.
Carine CASTELANT
pour l'attention portée à ce roman.

I

"Allez hue la Brunette..., encore un effort ma bonne ! Faut qu'tu la finisses ch'te pièce avant l'nuit et t'o l'auro point volé tin gamelle d'avouène[1]. *Et dire qu'ils voulaient t'y conduire à l'boucherie à ch't'heure"*[2].

Fernand terminait de labourer le lopin de terre des "*Greux*" avec la vieille jument qu'il venait d'acheter pour pas cher et qui pouvait encore faire l'affaire, lui retardant ainsi l'abattoir. Brunette, elle, manifesta sa reconnaissance en poussant avec force, son lourd collier de bois relié aux grosses chaînes qui tractaient le socle de labour. Fernand la suivait, cramponné aux deux bras de sa charrue, assurant dès le début du champ des sillons bien droits.

A 23 ans, Marcelline et Fernand venaient de reprendre en location les 12 hectares et 45 ares de terre, de la ferme du père Adam, décédé. La ferme leur était louée par les héritiers avec le vieux matériel et les quelques meubles qui restaient dans la maison.

---

[1] d'avoine

[2] à cette heure ; maintenant (en picard)

Fernand avait reçu 1200 francs en prêt de ses parents et Marcelline n'avait pas touché aux 850 francs de sa dote de mariage. Ils avaient ainsi réuni la caution que leur demandait le notaire, Maître Pinelle de Montdidier, pour la signature du bail ce samedi 25 septembre 1937.

Marcelline et Fernand avaient fait un beau mariage d'amour en juin. Ils s'étaient connus six mois plus tôt, au banquet de la noce d'Adeline, la camarade de certificat d'études de Marcelline. Adeline, elle, avait dû presser son mariage parce que "*les petits pieds commençaient à lui pousser le bas du ventre*", comme elle disait. Ce n'était pas un mariage d'amour avec Georges, mais c'était un bon gars, solide à l'ouvrage, de dix ans plus âgé qu'elle. Elle ne manqua pas de glisser à l'oreille de Marcelline à la sortie de l'église de Conchy-les-pots : « je finirais bien par l'aimer un jour… ».

Marcelline était une fille très courageuse, le travail à la ferme ne lui faisait pas peur. Au premier soir, elle se retrouva assise près de Fernand sur les chaises de bois paillées, regardant les braises crépiter devant le foyer ouvert sur le côté de la vieille cuisinière. Pour faire durer ce plaisir, elle avait pris soin de la garnir avec les bûches de bois du vieux pommier abattu par le père Adam l'hiver dernier. Fernand lui prit la main et la posa sur ses genoux :

– Marcelline, nous voici chez nous, elle te plait-ti ch'te ferme ? Crois-tu qu't'y seras heureuse ici ?

– Pour sûr que j'm'y plairai ; à ch't'heure, nous n'avons qu'une vache, la Camille, elle donne bien et son tchiot vieau[3] est déjà bien en chair. Elle me paraît même bin agitée la Camille, j'ai bin l'impression

---

[3] petit veau

qu'elle est en chaleur ; demain je l'emmènerai à ch'toère[4] chez l'Victor. Je suis sûre qu'elle prendra du premier coup, je la sens bien c'te Camille ! Comme cela, ça nous fera deux vieaux qu'on vendra et avec ce que j'aurai mis de côté, on pourra acheter une autre bonne laitière.

– Je vois que tu as déjà le bon sens et qu'avoir dix vaches à traire n'te ferait point peur !

– Quant à notre bonne Brunette, nous la ménagerons, elle peut encore faire trois ou quatre ans. C'n'est pas une fainéante et j'suis sûre qu'elle s'y plaît, elle aussi, dans l'écurie que tu lui as construite, avec les vieilles tôles ondulées qu't'as récupérées des casemates d'el dernière guerre, dans les tranchées de ch'Faÿ.

– Allez viens ma Marcelline, faut qu'on aille se coucher ; demain, on a de l'ouvrage qui nous attend et puis nous aussi faut qu'on y pense, faut qu'on la fasse vivre c'te maison !

Marcelline et Fernand se glissèrent sous leur gros édredon de plumes d'oie. Il y faisait bon et les longues chemises de nuit ne furent pas un obstacle à leur amour. Ils s'aimaient très fort. L'un et l'autre n'avaient jamais partagé ce moment de bonheur avec d'autres. Fernand avait eu, au soir de leurs noces, beaucoup de délicatesse pour honorer Marcelline qui avait su le combler de ce qu'il ne connaissait pas non plus.

Deux jours plus tard d'octobre 1937, le soleil à peine levé, Marcelline emmena donc la Camille chez Victor :

– Bien l'bonjour Victor, j't'amène ma Camille, elle est fin prête !

---

[4] taureau (en picard)

– A la bonne heure ! C'est gentil d'offrir du plaisir à mon Emile, tu vas voir, il a c'qui t'faut et il en a pas pour longtemps.

– Arrête tes bêtises Victor ! Ma Camille, elle est demandeuse sans plus ; je suis sûre que je n'aurai pas à y revenir.

Marcelline conduisit Camille dans l'étable du taureau de Victor. Elle avait mis en elle ses espoirs pour la prospérité de sa petite ferme. Il faisait très sombre dans l'étable éclairée seulement par une petite lucarne. Marcelline avait attaché Camille à l'anneau devant l'auge, Victor avait libéré son géniteur. Ils avaient pris soin de refermer la porte roulante, ce qui assombrissait davantage le lieu de la rencontre. Victor guida Emile par l'anneau de son museau à l'aide d'une longe, vers celle qui l'attendait. Le taureau, une belle bête de près de 800 kg de muscles, soufflait très fort. Il était nerveux, sûrement impatient de s'accoupler avec celle qu'il sentait bien. D'un seul coup, il se dressa et posa ses deux pattes avant sur le dos de Camille qui fléchit légèrement sous le poids du taureau. Aussitôt le vigoureux membre d'Emile ne se fit pas attendre, avec plus de quarante centimètres de générosité. Mais l'animal était trop nerveux et ne trouvait pas l'issue ; pourtant Camille ne bronchait pas et se prêtait de bonne grâce ; ou il était trop sur le côté, ou trop haut. Marcelline s'impatienta :

– Victor, ton Emile il a peut-être c'qu'il faut mais il est fort maladroit ; si cela continue, il va lui arroser l'échine à ma Camille et ce sera fini pour aujourd'hui !

– T'inquiète donc pas Marcelline, laisse-le z'y faire ! Y va bien y arriver le bétail, c'n'est pas sa première.

– En attendant moi je n'ai pas de temps à perdre, j'ai encore du travail à m'maison, alors j'va lui donner un coup de main à ton bétail.

Marcelline s'approcha prudemment de la bête en rut ; elle lui saisit le membre à pleine main et le dirigea d'un simple geste à l'entrée du réceptacle procréateur. Le *"vigoureux"* d'Emile s'y enfourna jusqu'à la garde. Quelques va-et-vient s'en suivirent et un meuglement intervint. Le valeureux ressortit suintant encore de ce qu'il avait copieusement offert à Camille. Marcelline, satisfaite, reprit :

– Tu vois Victor, ce n'était pas plus compliqué que d'y mettre un manche à un balai.

– Ah Marcelline je reconnais qu'tu sais y faire !

– Bon Victor, dis-moi combien je te dois pour la saillie. Est-ce-que je pourrais te payer avec le bon beurre que j'ai baraté la semaine dernière ? Ça m'arrangerait beaucoup, on vient de reprendre la ferme et on n'a pas trop le sou.

– Mais non Marcelline tu ne me dois rien ; Fernand y viendra m'donner un coup de main aux betteraves et ce sera bon comme ça.

– Ah merci l'Victor, "j'are conno t'gentillesse".

Marcelline s'en retourna à la ferme. Elle tirait Camille, comblée par la généreuse semence, à l'aide d'une corde qu'elle lui avait passée entre les deux cornes.

Le temps passa à la ferme. Matin et soir, Marcelline ne manquait pas de traire Camille. C'était un plein seau de lait à chaque traite. Un demi-seau allait encore à son tchiot vieau qui profitait bien et le reste, elle le vendait au litre ou le baratait pour faire le bon beurre qu'elle vendait également. Elle tenta de faire le fromage en forme de cœur qu'on trouvait à la laiterie de Rollot, mais elle n'y parvint pas. Il ne prenait pas. Son affinage ne tenait pas, probablement dû à sa cave trop humide ou pas assez fraîche. Fernand lui fit une promesse :

– Dès qu'on aura fini d'couper l'orge et l'avoine l'année prochaine et qu'on les aura mis en bottes, j'm'attellerai à dégager l'abri sous la grange. Je suis sûr qu'on pourrait en faire une bonne cave ; elle est plus profonde et elle doit être voûtée.

La Saint-Nicolas approchait ; la saison d'automne qui s'achevait n'avait pas été trop humide, ce qui avait facilité l'arrachage des betteraves. Ce jour-là, avec un petit froid sec, la journée s'annonçait ensoleillée. Fernand partit tôt avec Brunette qu'il avait attelée au brabant pour terminer les labours de la grande pièce à la Croix de Fer. Marcelline lui avait préparé, en plus de son casse-croûte de dix heures, un demi-poulet avec de la moutarde et quelques pommes de terre en vinaigrette. Elle avait glissé dans sa musette un litre de frênette, boisson qu'elle préparait elle-même : une décoction de feuilles de frêne, sucrée, portée à ébullition et filtrée qu'elle laissait fermenter. Marcelline avait pris soin d'enrouler la bouteille dans *l'Echo de la Somme*[5].

Dès qu'il entendit le clocher de Rollot sonner midi, Fernand chercha un coin paisible ; il s'installa sur le bord du chemin, sous quelques genévriers sauvages pour savourer son modeste repas. Brunette, près de lui, déjeunait aussi avec l'herbe du fossé et les quelques feuilles qui restaient sur les arbustes. Puis, sans même faire une petite sieste, Fernand se remit à

---

[5] Ancêtre de l'actuel journal : Le Courrier Picard.

l'ouvrage ; la grande pièce de plus d'un hectare ne permettait pas de s'attarder.

Lorsque Fernand rentra à la nuit tombante, Marcelline, qui finissait de traire Camille, l'appela pour qu'il la rejoigne :

– Viens voir Fernand, regarde : voilà deux mois que j'ai conduit la Camille chez l'Victor, je trouve qu'elle a forci de l'panse. A mon avis, elle est prise.

– Oui, c'est bien possible, c'est une bonne nouvelle !

– Oui, c'est une bonne nouvelle et je crois même que j'en ai une autre bonne nouvelle aussi ! Allons à l'maison, j'ai préparé la soupe et il me tarde d'être près de toi tu sais !

– Ah deux bonnes nouvelles ! C'est trop pour un même jour.

Marcelline et Fernand regagnèrent la petite cuisine où la cuisinière ne connaissait pas de répit, été comme hiver. Celle-ci assurait le chauffage de la maison, contribuait à l'eau chaude avec sa réserve placée sur le côté. Elle était surtout indispensable pour cuire les repas ; sans oublier, à n'importe quelle heure de la journée, la cafetière qu'elle gardait au chaud, leur permettant de se servir une tasse de café à la chicorée. Lorsqu'ils furent attablés, Marcelline s'empressa de verser, à chacun, un grand verre de cidre bouché d'une bouteille qu'elle avait expressément remontée de la cave.

– Tiens donc, c'est pourtant pas dimanche aujourd'hui ! Pourquoi un verre d'chide bouché a'ch't'heure ?

– Eh bien mon Fernand, c'est pour l'deuxième bonne nouvelle de la journée ; j'crois bin que je suis prise comme la Camille, ça fait deux mois que j'n'ai rien vu venir.

– Ah bah ça c'est une bonne nouvelle ! Viens donc là que j't'embrasse et levons not'verre à la santé de ch'tchiot et à t'santé à toi aussi.

– T'es donc fin heureux mon Fernand ? J'ai calculé, y devrait être là pour juillet. Pourvu qu'on ait terminé la moisson avant ! Va falloir qu'on lui trouve un berceau et que je lui prépare sa layette. Je vais me mettre au tricot tous les soirs pour l'y faire des brassières à ch'tchiot.

– Pour lui trouver un nom, on a encore le temps ; moi, je verrai bien un prénom à la mode comme Frédéric si c'est un garçon ou Cathy si c'est une fille, pourquoi pas ?

– En attendant mon Fernand, on ne va pas tarder à aller se coucher ; demain, j'vas bêcher tout mon potager pendant que je peux encore l'faire. Je vais le clôturer avec le grillage que le père Adam n'a pas eu le temps de poser. Au printemps, j'y sèmerai des carottes, des petits pois et des haricots ; j'te ferai des conserves et l'hiver prochain, tu retrouveras tous ces bons légumes dans ton assiette. J'ti ferai aussi d'bonnes soupes au chou pour t'réchauffer.

Marcelline aménagea en potager le coin de la pâture, derrière la grange, en deux jours. Fernand, lui, avait terminé tous les travaux de préparation de ses champs, le temps avait été favorable. Il lui restait quelques semailles d'orge et de blé qu'il souhaitait effectuer avant Noël.

– Marcelline, l'temps est au beau ch'diminche, si tu n'y vois pas d'inconvénient, après l'messe, on déjeune rapidement et on ira semer ensemble le restant de blé de l'pièce des Sablons. Tu guideras l'Brunette pendant que je surveillerai le semoir.

– Bien sûr min Fernand, faut qu'on en profite ; ch'vent y pourrait bin tourner à l'pluie.

Ce dimanche-là, Fernand était même venu à la messe. Dès qu'elle fût terminée, ils rentrèrent pour se changer et déjeuner avec les restes du pot-au-feu de la veille. Ils ne perdirent pas de temps pour atteler Brunette au semoir. Fernand le remplit à ras bord ; il y posa en plus sur le dessus trois sacs de semence, destinés au travail de l'après-midi. Marcelline ne sentait pas la fatigue. Son tablier sur sa blouse commençait à se tendre légèrement sous une rondeur naissante.

A l'heure où tout le monde était encore à table, ils quittèrent leur petite ferme et se dirigèrent sur la route de Boulogne-la-Grasse. Il ne leur fallut que peu de temps pour arriver à la pièce que Fernand avait hersée la veille. Marcelline prit Brunette par le licol et lui pressa le pas. Fernand, derrière, surveillait à ce que les grains glissent bien dans les goulottes. Il regardait aussi la profondeur des sillons pour que les grains germent à souhait. Très tard au coucher du soleil, le champ était couvert des semailles de blé de l'année.

Marcelline avait préparé une petite collation qu'ils prirent sur place ; deux tranches du pain de quatre livres enduites d'une bonne couche de saindoux. Elle avait apporté également une bouteille de frênette bien pétillante. Ils s'accordèrent un répit et s'embrassèrent, adossés au semoir dans la fraîcheur de la tombée de la nuit. Les étoiles commençaient à scintiller une à une. Le ciel était de pleine lune : ils étaient heureux. Brunette attendait, cherchant à tourner la tête pour les apercevoir, soufflant par ses gros naseaux. Marcelline regardait les étoiles et pensait :

– Si l'moisson éto bonne, p't-être bin qu'on arrivero à faire 25 ou 30 quintaux d'l'hectare qui sait ? Alors, on pourrait acheter un jeune poulain débourré ? Y donnerait un fin bon coup de main à l'Brunette et ça t'ferait un deuxième attelage pour chés labours d'automne.

– Oui bien sûr, mais tu voulais une deuxième laitière et puis toi, avec ch'tchiot qui va venir, va falloir s'en occuper !

– Oh mais ce n'est pas un problème min Fernand, y aura un temps pour chaque chose, même celui de m'occuper de ti pour que tu n'reluques point l'postière. J'ai bin vu q't'avais tin œil sur chés gros seins et que tu étais bin trop souriant avec elle.

– Mais Marcelline, ce n'est que de la politesse tu sais !

– Oui mais en attendant, tu ferais bin d'passer à confesse dimanche prochain avant la messe. Ça n'te fera pas de mal j'en suis sûre.

– Allez, en route Marcelline, arrêtons de dire ces bêtises, faut qu'on parte, y s'fait tard.

Ils rentrèrent à la ferme. Fernand, dételа Brunette et la conduisit au bac qui récupérait l'eau des gouttières. Puis il remplit son auge avec sa ration d'avoine écrasée qu'elle mâchouilla bruyamment. Marcelline s'empressa d'aller traire sa Camille, de lui donner ensuite une bonne fourchée d'herbe fraîche ainsi qu'au petit veau qu'elle commençait à sevrer.

A la maison, la soupe préparée le matin même, finissait de bouillir sur la cuisinière. Lorsqu'ils furent attablés, le carillon terminait de sonner les huit heures. Marcelline signa d'une croix le pain de quatre livres et en coupa de grosses tranches pour Fernand. Elle sortit du garde-manger deux belles coupes de lard bien gras qu'elle mit dans leur soupe.

Fernand interrompit le grand silence de la pièce :

– Faudrait qu'on se trouve un poste de T.S.F. pour avoir des nouvelles de Paris. Les Saint-Omer y z'ont un Grammont qui marche avec une antenne sur ch'mur. Y z'ont même de la musique !

– Une T.S.F. ? Mais on n'a pas les sous ! C'est pour les riches tu te rends compte ! Et puis j'te vois venir, tu n'voudrais quand même pas danser tous les soirs mon Fernand ? Tu serais dans quel état le lendemain pour le travail ? Peut-être que tu en profiterais pour inviter la postière. Tu pourrais la serrer dans tes bras avec ses gros seins, ça t'plairait min cochon !

– Mais non, ne sois pas jalouse ! C'est toi que j'aime, tiens allons nous coucher, y se fait tard…

Bien que Marcelline taquinait Fernand avec la postière, elle l'aimait et savait très bien que son Fernand ne lui ferait pas d'infidélités. Ils avaient un amour fou l'un pour l'autre et autant pour leur ferme qui était leur fierté. Et puis, il y avait le bébé qui allait arriver dans quelques mois avec lequel ils bâtiraient leur vie.

Marcelline ne faisait pas cas de son gros ventre, elle n'arrêtait pas : son potager à entretenir, Camille à traire, son beurre à baratter deux fois par semaine, son petit veau à engraisser, le coup de main à donner à Fernand aux champs. Elle trouvait encore du temps de libre pour s'occuper de sa volaille, les jeunes poulettes et les canards qui garnissaient la cour de la ferme. Devant l'ancienne porcherie, Fernand avait confectionné trois clapiers à lapins où, chaque jour, il fallait glisser une brassée d'herbe que Marcelline prenait soin d'aller faucher dans les fossés, à l'entrée du village. Le soir, ils se retrouvaient tous les deux devant la cuisinière. Eclairée par la lampe à pétrole pour faire l'économie d'électricité, Marcelline terminait de tricoter la couverture de laine, qui recouvrirait le vieux landau qu'elle avait récupéré dans le cagibi de Séraphine, leur voisine, que toute le monde surnommait "Fine".

Pour Marcelline ce landau était très bien :

– De toute façon min tchiot, y n'restera pas l'bébé ! Pour un'année cha peut bin faire l'affaire, après on li trouvera un lit.

*

*   *

Pâques et la Pentecôte passées, il fallait déjà couper la luzerne et les herbes montantes de certaines pâtures. Fernand partait des journées entières, la grande faux sur l'épaule et son litre de frênette dans la musette. Quelques jours après, Marcelline, avec son bon coup de fourche, alla retourner ce qui devint sec et qui fit le bon foin, principale nourriture de leurs quelques bêtes pour l'hiver prochain. Le temps du début du mois de juin 1938 n'y était pas, il restait trop humide pour engranger. Marcelline craignait de voir pourrir la récolte qui ne séchait pas et de n'avoir rien à donner à Camille et au petit veau. Dès que le beau temps revint, Fernand attela Brunette à la charrette à ridelles et ils rentrèrent les foins à l'abri. Marcelline, vu son état, n'avait pas pris place sur le haut de l'arrimage du fourrage, elle suivait en tenant d'une main le licol de Brunette et de l'autre son ventre. Elle était fatiguée, elle en était à huit mois de grossesse. A la voir, on aurait pu penser que c'était Brunette qui guidait et tirait Marcelline qui ne bronchait plus.

Les beaux jours de juillet arrivèrent, les blés étaient bons à moissonner. Il ne fallait pas tarder, Brunette ne chômait pas. Fernand avait sorti du hangar la vieille faucheuse-lieuse du père Adam. Après l'avoir graissée et avoir vérifié les tapis, il attela Brunette qui manifesta son ravissement par un balayage continu avec sa longue queue et le souffle de son museau qui faisait trembler ses naseaux. La moisson s'annonçait bonne, les blés avaient de gros épis que le soleil persistant depuis plusieurs jours avait amenés à terme.

Sachant que la naissance du bébé perturberait la moisson, Marceline et Fernand ne perdirent pas de temps. Le 13 juillet, vers 14 heures, ils rejoignirent la pièce du bosquet Minard et commencèrent le long travail. Fernand, assis sur la machine, surveillait d'un côté la coupe pour qu'il n'y ait pas de bourrage et de l'autre, le ficelage des bottes qui tombaient à terre. Marcelline, elle, suivait pressée par la cadence. Elle regroupait et dressait par cinq ces bottes verticalement, formant çà et là des tas avec les épis bien en évidence pour qu'ils continuent de sécher. Tous ces parfaits alignements faisaient leur fierté. Les bottes de blé restaient plusieurs jours dans les champs avant d'être rentrées sous le hangar pour le battage qui suivait.

Marcelline, en cette fin de grossesse, n'avait plus la grande forme. Il était presque 19 heures ; elle mit péniblement en place les derniers tas, tenant d'une main son gros ventre qui lui pesait de plus en plus. Fernand la voyant lui dit :

– Tu vas aller ma Marcelline ? On va s'arrêter un instant.

– Non ça va aller, j'ai encore mes forces faut qu'on finisse, mais pour une petite pause, c'n'est pas de refus.

Fernand stoppa Brunette qui souffla aussi. La vieille jument avait le dos en sueur à tirer seule cette machine prévue pour être attelée à deux chevaux. Tout le monde profita de cet instant et :

– Mon Fernand, je crois que j'n'en peux plus ; j'ai des douleurs, j'ai l'impression que j'vais l'pondre tout d'suite not'tchiot, faut qu'on rentre.

– On arrête ma Marcelline, viens t'asseoir à ma place, on rentre.

Le soleil était dissimulé derrière quelques nuages, la fin de journée s'assombrissait. Fernand détela Brunette de la faucheuse-lieuse et aida Marcelline à s'asseoir en travers sur son dos. Elle tenait d'une main le gros collier de cuir et de l'autre la croupière de la brave jument. Brunette allongea le pas sentant très bien que celle qui était sur son dos n'allait pas bien. Au passage du fossé juste avant la porte cochère de la ferme, Brunette trébucha et provoqua une secousse à sa cavalière. Marcelline poussa un cri :

– Fernand, mon Fernand j'crois ça y est, je suis en train perdre les eaux sur la Brunette. Y faut tout de suite appeler le docteur Puissand d'Conchy, faut aller chez l'Mauricette pour qu'il vienne, ça n'peut plus attendre.

– Hue ! Brunette, faut faire vite. J'y vais tout de suite Marcelline, je t'emmène dans la chambre, je mets la Brunette à l'écurie et je passe voir Fine pour qu'elle vienne près de toi !

– Fais-vite Fernand !

Il pressa le pas, enchaîna chaque chose, puis se rendit chez Mauricette qui tenait la cabine des P.T.T. d'Onvillers. Dès qu'il arriva, il frappa énergiquement à la porte vitrée. La postière lui ouvrit immédiatement ; elle avait terminé sa journée et une bonne odeur de soupe venant de sa cuisine se répandait dans le petit bureau de poste :

– Ah mon Fernand, c'est très gentil de venir me voir a'ch't'heure !

– Pas de bêtise Mauricette, je viens pour Marcelline ; il faut appeler tout de suite le docteur Puissand d'Conchy, ça y est mon tchiot il arrive.

– Ah non dé diou…

La postière se dirigea vers le bloc mural de téléphonie, tourna la petite manivelle de trois tours énergiques et prit le combiné. La réceptionniste du central de Montdidier répondit :

– Bonsoir, central de Montdidier à votre écoute ?

– Bonsoère, y nous faudrait le 28 à Conchy-les-Pots, c'est chez le docteur Puissand, c'est urgent, c'est pour un accouchement.

– Je suis obligée de passer par Lassigny, mais ça va aller assez vite.

Et deux longues minutes plus tard :

– Allô ! madame Puissand à l'appareil.

– Allô, bonjour madame, est-ce-que le docteur peut passer en urgence à Onvillers chez Marcelline Ledoux ? C'est son mari à l'appareil, ma femme est en train d'accoucher, faut faire vite.

– Mais le docteur est déjà parti à Boulogne chez madame Tanton qui a fait une mauvaise chute ; il ne sera pas de retour avant une heure.

– Bon merci, je prends mon vélo, je vais au-devant de lui, je pourrais sûrement arriver avant qu'il ne r'parte.

Fernand raccrocha le combiné.

– Mauricette, j'te quitte, je n'ai pas pris d'argent, je reviens te payer demain matin.

– Quand tu veux mon beau blond, ta visite est toujours bienvenue. Je te souhaite un "bieu garchon"… Tu en as de la chance ti…

Fernand sortit de la poste en dévalant les trois marches, après avoir claquer la porte derrière lui. Il enfourcha sa bicyclette, passa rapidement à la ferme ; Fine était déjà au chevet de Marcelline qui souffrait.

– Le docteur est à Boulogne chez Tanton, je vais le rejoindre pour lui dire de passer tout de suite.

– Fais vite mon Fernand, je n'sais pas si j'vais pouvoir tenir, fais vite !

Et Fernand reprit sa vieille bicyclette qu'il enjamba à la volée. Il pédalait dur, se déhanchant pour accentuer la cadence. La bicyclette, qui avait une vingtaine d'année, n'était guère entretenue pour ce genre d'échappée ; la chaîne de son pédalier n'était pas tendue et claquait sur le carter de protection. Fernand était inquiet :

– Pourvu qu'elle ne me lâche pas dans la côte de ch'bosquet Minard. Faut que j'arrive avant qu'il ne r'parte.

Il arriva à la ferme de madame Tanton en sueur, essoufflé. Une chance, la motocyclette du docteur était encore là, adossée à la grosse porte, sous le porche d'entrée de la ferme. Fernand frappa énergiquement à la porte vitrée de la maison. Le père Tanton lui ouvrit et :

– Le docteur est encore là ?

– Oui, monsieur je suis encore là, que se passe-t-il ? Vous me semblez fort agité, je vous écoute.

– Eh bien docteur, je suis d'Onvillers ; ma femme est en train d'accoucher, il faudrait que vous veniez !

– Quand même on n'accouche pas comme ça en dix minutes ! Elle n'a rien senti avant ? A-t-elle perdu les eaux ?

– Oui docteur !

– Bon, j'arrive tout de suite ; partez devant la rejoindre, je termine le bandage de madame Tanton.

Fernand quitta la maison, sauta sur sa bicyclette et au retour, pour la descente du bosquet Minard, il n'eut pas recours aux freins. Sa lancée le conduisît d'un trait, jusque dans la cour de la ferme. Il jeta le vélo à terre et dès qu'il eut franchi le seuil de la porte, il entendit les premiers cris du bonheur attendu. Fine lui dit :

– C'est une fille, Fernand ! Elle est fin belle, tu sais et elle est en bonne santé, Marcelline aussi, elle a été très courageuse.

Il accourut au chevet de Marcelline :

– Ah min Fernand, approche-ti que j't'embrasse ; nous avons un'belle tchiote fille, je suis vraiment heureuse tu sais. Comment va-t-on l'appeler ?

– Je ne sais pas ! Un joli prénom Fabienne ou Juliette ?

– Je préfère Juliette, va vite voir Victor pour la déclarer à l'mairie. Elle est née à 20 heures 45, à l'heure nouvelle, n'oublie pas. Tu penseras à traire la Camille au retour, je n'ai point eu le temps avec tout chlo !

– Ecoute Marcelline, pour aller voir Victor ça attendra demain matin. Quant à la Camille, je m'en occuperai après. Tiens, j'entends la motocyclette, voilà le docteur !

Fernand vint au-devant de lui sur le seuil de la porte. Le médecin ne fut que peu surpris des pleurs qu'il entendit venant de la maison. Il entra et s'adressa à Marcelline :

– Bonjour ! Alors, c'est déjà fait ? Où est le bébé ?

– Oui bonjour docteur ! C'est Fine qui m'a donné un coup de main, ça c'est très bien passé. Elle a l'habitude, on fait toujours appel à elle quand un'vacque a du mal à vêler !

– Je vois, je vois…, elle a vraiment de l'expérience dans les mises bas… Il faut que j'ausculte d'abord le bébé et que je coupe soigneusement le cordon. Après, je m'occuperai de la maman pour voir s'il n'y a pas de blessure ; il me faut examiner le placenta et m'assurer qu'il n'en reste pas à l'intérieur.

La petite Juliette examinée, Fine prit soin de l'habiller d'une chemise en coton et de la brassière que Marcelline avait tricotée ; elle lui mit une couche et l'emmaillota ensuite dans un gros lange de coton. Côté bébé tout allait bien. Fernand s'approcha, le docteur Puissand terminait d'ausculter la maman. Elle était assise sur le lit, entièrement dénudée ; le médecin avait posé une fine serviette sur sa poitrine et son oreille collée sur le linge, il écoutait la régularité de sa respiration et des battements de son cœur. Tout était bon, le docteur ajouta :

– Je vois que vous avez une belle poitrine qui regorge de bon lait, je pense que cette petite fille aura tout ce qui lui faut pour bien pousser.

Fernand trouvait que le docteur se permettait des libertés dans l'exercice de sa profession, au regard de ce qui lui semblait intime et personnel. Avant de repartir, le médecin avisa :

– Je repasserai la semaine prochaine pour prendre des nouvelles de la petite Juliette et de sa maman.

Fernand sortit l'argent de sa boîte en fer placée dans le buffet et régla le déplacement et la prestation du docteur Puissand. Celui-ci se recoiffa avec son chapeau de feutre et se dirigea vers sa pétrolette, accompagné de Fernand. Après le départ du médecin, le jeune papa retourna dans la chambre et demanda :

– Et toi Fine, j'vais te devoir combien pour ce que tu as fait ?

– Mais rien du tout Fernand ! C'n'était qu'du bonheur pour moi tu sais !

– Pourtant toi, tu as fait tout le travail et lui y s'empoche 6 francs pour nous dire que tout va bien et que le travail est bien fait.

– Que veux-tu Fernand ! Lui est médecin et moi, une simple femme de la ferme.

– Marcelline et moi on te remercie pour notre petite Juliette, le seigneur reconnaitra ta bonté, j'en suis sûr !

Fine ajouta :

– Et si Marcelline a besoin d'un coup de main, n'hésitez pas, je suis là !

Tard dans la soirée, Fernand ne manqua pas de traire Camille, de donner à boire au petit veau et à Brunette ? ainsi qu'un peu de fourrage et de recouvrir leur litière de paille fraîche. Le lendemain matin, après être passé à la mairie pour les formalités de naissance, Fernand retourna à la cabine de la Poste-Télégraphe-Téléphone d'Onvillers pour régler sa communication.

– Ah te voilà min Fernand ! T'es content d'avoir une tchiote fille ! Moi je suis sûre que je t'aurais donné un bieu garchon, parce que mi j'aime bin les bieux garchons… Tu me dois cent sous pour la communication. J'ai arrondi parce que c'est ti. Reviens m'voir quand tu veux, tu sais qu't'es l'bienvenu ichi, même pour un tchiot bonjour !

Fernand s'en retourna, un peu gêné des avances que Mauricette pouvait lui faire. Ce n'était pas le garçon à suivre de telles paroles. Pour lui, c'était sa Marcelline, sa ferme et maintenant sa petite Juliette.

Il faut dire que Mauricette, à bientôt quarante ans, n'avait pas trouvé chaussure à son pied ou plutôt, elle en avait essayé trop et parfois plusieurs paires à la fois. C'était malgré tout une brave femme que l'on pouvait déranger à n'importe quelle heure du jour ou de la nuit pour un service. Elle apportait le courrier à domicile et vendait bien son almanach des postes et des télégraphes du nouvel an. Robert, dit "l'béber", un bon vivant du village qui n'allait à la messe que pour les enterrements…, quand même, disait d'elle :

– *Ch'Maurichette ? ! Oh vin... dieu, j'y f'rai bin m'n'affaire avec ch'poitrine qui craque d's'in blouse ! C'a'n'est un chacré bétail ch'elle lo...".*

Il s'était fait une drôle de réputation le "l'béber", lors des parties de manilles coinchées, les dimanches après-midi au café « *Rabache* », avec toujours son verre d'absinthe à la main.

*

*   *

La petite Juliette allait très bien ; en huit jours, elle avait déjà repris son poids de naissance. Fernand la pesait tous les deux jours en la plaçant dans un petit cageot, sur la Roberval dans la buanderie. Marcelline, elle, n'avait pas traîné pour retrouver les activités de la ferme. La présence de sa Juliette ne la gênait pas du tout. Un mois plus tard, elle l'emmenait partout dans son landau et si elle ronchonnait, elle s'installait là où elle se trouvait et, le plus confortablement possible, dégrafait sa blouse, passait son énorme sein plein de lait par-dessus sa combinaison et son soutien-gorge et le bébé ne se faisait pas prier pour engloutir le gros téton brunâtre. Pendant cette pause forcée, Marcelline pensait à sa petite ferme et à son Fernand. Même si le bébé n'était pas un garçon comme ils le souhaitaient, ils aimaient beaucoup leur belle petite fille déjà souriante.

Comme chaque matin et avant que la petite ne se réveille, Marcelline se rendait à l'étable pour traire Camille. Curieusement, ce jour-là, elle la trouva couchée à terre :

– Debout ma Camille qu'as-tu donc à ch't'heure ?

Bien sûr, la bonne vache ne pouvait pas répondre mais quelque chose interpella Marcelline ; elle appela Fernand qui était dans la cour et fendait le bois qu'il entassait ensuite derrière la cuisinière.

– Fernand ! Viens donc voir là, dis-moi ce que t'en penses ? J'ai l'impression que la Camille *"fait de la portière"*[6], ça ne devrait pas tarder pour elle. Ses pis sont plus gonflés qu'hier et en plus, elle était couchée quand je suis arrivée.

– Oui, en effet ; à mon avis, c'est pour bientôt. Faut qu'on la surveille.

– En attendant, j'vais quand même la traire un peu.

– Laisse-lui un peu de lait pour son tchiot vieau !

Marcelline ne soutira que trois quart du seau de lait. Elle retourna à la maison pour donner à son tour son bon lait à sa petite Juliette qui attendait sagement, éveillée dans son landau. Toutes les heures, elle allait jeter un coup d'œil à l'étable : rien, jusqu'au moment où Camille était à nouveau couchée. Marcelline

---

[6] Dilatation des organes génitaux externes

constata que le passage se dilatait et que la paille était fort humide devant la vache !

– Cette fois, c'est bon, il arrive. Faut que j'appelle Fernand !

Fernand accourut ; une deuxième naissance s'annonçait à la ferme, sauf que là, pas besoin du docteur Puissand, on savait y faire. Tout d'un coup, Camille se raidit ; Marcelline la tenait par son licol qu'elle avait détaché de l'anneau et Fernand aperçut la tête du petit veau se présenter. Camille soufflait très fort, parce qu'elle devait souffrir.

– Il a une belle tête, c'est sûrement un mâle. Ça y est ! Les pattes de devant commencent à sortir. Elle peine beaucoup, il est vraiment très gros !

– Ecoute Fernand, va chercher un bout de longe à l'écurie, tu vas l'aider.

Fernand s'exécuta et revint avec la longe de chanvre de Brunette.

– Passe-la autour de chés deux pattes qui sont dehors et to vas tirer dès que to sens qu'elle pousse. Vas-y tire ! C'est bon, ça y est, le plus dur est fait ; laisse venir ch'placenta avec. C'est bon, il est entièrement sorti, il est bin gros le bétail, y doit faire pas loin des 50 kg ; frictionne-le avec l'paille ça va le sécher et lui faire circuler le sang. T'as bien travaillé ma Camille, t'as un beau tchiot vieau.

– Viens Marcelline, on va les laisser seuls un instant ; elle va se remettre sur pieds, elle ne manquera pas de venir le lécher et lui, dans moins d'une heure, il sera aussi sur ses pattes.

Ils retournèrent à la maison et Fernand ajouta :

– On se mérite bien un tchiot coup d'frênette avec toutes ces émotions qu'on a depuis un temps à la ferme.

II

– N'cours-donc pas ma nénette t'o vas tomber à terre min tchiote !

Les mois étaient passés à la ferme des Ledoux. La petite Juliette marchait depuis peu ; elle avait entendu les roues de fer de la déchaumeuse et les sabots de Grisou sur les quelques pavés de l'entrée de la cour, après le portail. Fernand rentrait, après avoir été travailler la pièce de blé du chemin du grand pré. La fillette voulait caresser Grisou, le jeune étalon, nouveau pensionnaire, qui avait trouvé une place près de Brunette.

Depuis plus d'un an, Marcelline et Fernand avait bien mené leur petite exploitation. Marcelline avait revendu ses deux veaux et, avec ses quelques économies, elle avait, comme elle le souhaitait, acheté une deuxième laitière de race hollandaise qui venait de sevrer son veau. Elle était encore généreuse de bon lait. Marcelline comptait les sous et gérait son travail à la ferme avec beaucoup d'attention. Son potager était bien entretenu, aucune mauvaise herbe. Elle avait ainsi tous les légumes de saison qu'elle mettait en bocaux, après les avoir stérilisés dans sa lessiveuse. Dans son jardin, il y avait même des fleurs, qu'elle prenait soin de couper le moment venu pour décorer sa maison. Fernand vivait le bonheur avec une épouse comme Marcelline.

La récolte des pommes de terre venait de s'achever. Cette année-là l'ensoleillement entrecoupé de pluie avait été favorable à une récolte exceptionnelle en quantité et en grosseur.

Un soir, comme de nombreux soirs après le souper, Juliette était assise dans son lit et accompagnait de ses balbutiements les tintements répétés du carillon. Fernand lui, s'était roulé une cigarette et contemplait le foyer ouvert de la cuisinière. Marcelline qui terminait la mise en place d'une nouvelle pièce sur le fond du pantalon de travail de son mari, s'immisça dans la monotonie de la soirée :

– Mon Fernand, tu m'avais parlé, au début d'not'mariage, d'acheter un'T.S.F pour agrémenter nos soirées et pour prendre des nouvelles de Paris. Tu ne m'en as jamais plus reparlé. Tu t'en rappelles ?

– Oui bien sûr, je m'en souviens très bien ! Tu m'avais même fait une scène de jalousie de peur que j'invite la Mauricette à danser.

– N'sois point nig'doul[7] ! J'ai confiance en ti, mais ce serait un'bonne chose cette T.S.F pour être informés de ce qui chi passe à Paris, faut être du progrès. Y parait qu'il y a eu des grèves là-bas, c'est ce qui se disait à la sortie de la messe dimanche. Monsieur l'curé est très souvent chez madame la comtesse qui l'invite pour écouter l'T.S.F. dans sin salon. Il dit la même chose. Tu sais ce n'est pas bon signe ces grèves.

---

[7] Idiot – stupide

– Bien sûr ce serait bien, mais écoute Marcelline, la T.S.F. c'est pour les riches, on passerait pour des dépensiers à nos âges !

– T'as raison c'est certain, mais quand même, y faut aller de l'avant. Faudrait voir combien ça coûte et avec c'qu'on a livré de nos pommes de terre à la féculerie, nous avons un peu d'sous, on pourrait peut-être s'en payer une ?

– Ecoute, dimanche c'est la foire d'automne à Montdidier ; je demanderai à Emilien de m'emmener en voiture à courir, si j'en trouve une à un bon prix, ça pourrait faire l'affaire ! En attendant, on va aller se coucher, la p'tchiote s'est assoupie dans sin lit et mi, j'aimerais bin qu'elle ait un petit frère notre Juliette.

– T'as raison min Fernand, faut battre l'fer quand il est chaud et je n'voudrais point qu'tu te refroidisses ; j'ai toutes chés braises qu'y m'faut et j'te conno bin min Fernand.

Après la messe, le dimanche qui suivit, Fernand prit place dans le cabriolet dont les roues étaient à bandage caoutchouc. Emilien l'avait attelé à sa jeune jument, Vineuse. Ils prirent la route de Piennes pour parvenir à Montdidier situé à 8 km. Dès qu'ils arrivèrent, Emilien invita Fernand à prendre une petite goutte à la buvette sur la Grand-Place, près de la pompe à essence. Emilien connaissait bien la tenancière de ce bistrot. Il n'avait pas d'automobile pour y faire le plein de carburant mais il éprouvait beaucoup de sympathie pour la dame qui tenait seule son établissement.

– Viens donc Fernand, faut qu'on s'prenne un p'tit remontant pour faire d'bonnes affaires ; nous irons sûr à la foire après. On y verra ch'tracteur Lantz-

Bulldog, avec des roues en caoutchouc gonflables et y parait qu'il y a même un tracteur américain Fordson exposé, avec deux grosses roues crantées et trois socles derrière. A mon avis, l'tracteur c'est l'avenir tu sais ! Pour mi, y m'faut trouver deux belles brebis pleines. Quant à toi Fernand, pour tin poste d'T.S.F, nous irons place de l'hôtel de ville.

Emilien et Fernand s'étaient un peu attardés chez Francine. Fernand avait été obligé de remettre sa tournée et la patronne, connaissant très bien Emilien, avait également remis ça. Puis Emilien, en garçon généreux, avait surenchéri d'une quatrième petite goutte. Il faut dire que la foire d'automne à Montdidier, ce n'était pas tous les jours. C'était en costume du dimanche qu'on y allait, avec la cravate bien nouée sur le col amidonné, un feutre noir pour Emilien et la casquette des sorties pour Fernand. Quatre rincettes pour Fernand ce n'était pas dans ses habitudes, mais il marchait encore droit. Emilien, lui, devait être coutumier du fait parce qu'il ne les avait pas senties et il ajouta :

– Fernand, au retour, on refera une petite halte pour dire au revoir à la Francine.

– Bin… ça serait pas de refus mais quand même faudrait pas qu'on abuse ! Et puis on n'est pas cor rendu au soèr pour ch'maison !

– T'inquiète donc pas Fernand, ma Vineuse, elle connait la route par cœur pour rentrer ; tu peux même y lâcher les rênes, elle connait sin'ch'min.

Emilien et Fernand parcoururent la foire tout l'après-midi. Emilien trouva ses deux brebis pleines de race “Ile de France” pour un bon prix. Fernand n'eut que l'embarras du choix aux Etablissement

Dumont, devant les nouveaux postes de T.S.F. les “La Voix de son Maître”, les “Gramont” et même des “Pathé Marconi”. En fin de compte, il trouva un Gramont pour le prix abordable de 228,50 francs.

Il était en bois verni avec un grand cadran où il pourrait sélectionner une des différentes stations. Fernand avait l’argent sur lui. Il eut un moment d’hésitation mais il se dit que Marcelline serait sûrement contente. C’est quand même elle qui lui en avait reparlé. Le vendeur lui expliqua comment installer l’antenne, ce qui ne sembla pas être d’une grande difficulté pour Fernand. Il lui conseilla de se mettre sur les grandes ondes pour essayer de capter Radio Paris.

Il fallait qu’ils rentrent avant la nuit et, lorsque seize heures sonnèrent au beffroi de l’hôtel de ville, Emilien fit un bond : il ne devait pas tarder pour aller saluer Francine qui, prétendait-il, les attendait.

Fernand n’était pas très enthousiaste pour retourner à l’estaminet de madame Francine, mais Emilien y tenait. Les deux brebis ficelées à l’arrière de la voiture, les deux compères rejoignirent la bonne ambiance du petit bistrot dont la réputation n’était plus à faire. Vineuse, disciplinée, attendait attachée à l’anneau du mur devant l’entrée.

Ce fut, pour commencer, une absinthe, puis une deuxième puis ils enchainèrent avec une troisième, chacun y allait de sa tournée avec la proche clientèle du comptoir. Tous n’avaient d’yeux que pour le décolleté plongeant de Francine et sur les rondeurs de son fessier qui, à chaque verre, les faisaient saliver d’avantage. Ils étaient perturbés par les formes qu’ils imaginaient dévêtues et qui devaient sûrement leur manquer.

La nuit n'allait pas tarder. Fernand, qui était dans un état dont il n'était pas coutumier, réagit :

– Emilien, y se fait presque nuit ! Faut qu'on rentre ; ma Marcelline elle m'attend avec ma tchiote !

– Mais oui Fernand, un petit dernier avant la route, j'ai une lanterne à m'voiture à courri et puis comme j't'ai dit qu'ma Vineuse elle a l'habitude, elle connait l'route par cœur.

– Non Emilien pas pour moi, je t'attends dehors !

Fernand attendit devant la carriole encore cinq bonnes minutes, il n'avait pas le choix. Il sentait qu'il n'était pas dans son état normal. Il jeta un coup d'œil sur les deux brebis qui allaient bien. Son poste de T.S.F. était enveloppé dans un grand carton, placé sous la banquette. Lorsqu'Emilien sortit, après avoir refermé difficilement la porte du bistrot, il manqua de tomber en ne voyant pas la dernière marche du petit escalier. Il se rattrapa de justesse à la ridelle arrière de la voiture à proximité et jura :

– Ah non dédiou, j'avio pourtant point bu mais on n'y voit rien ichi ! Fernand prends donc les rênes d'la Vineuse, elle connait sin'chemin.

– Bah… Emilien…, c'est qu'la nuit est bien sombre, la petite lampe à pétrole sur le côté ne suffira pas pour voir la route !

– T'inquiète donc pas Fernand ; Vineuse elle reste toujours au milieu et dans les virages, elle coupe au raccourci.

Ils repartirent au pas. Pas question de faire trotter la jument pour rattraper leur retard, la visibilité était trop mauvaise. Un épais brouillard masquait la route, on n'y voyait pas à dix mètres. Fernand surveillait le tracé de Vineuse qui sortait par moment des gravillons de la chaussée. Emilien, la tête pendant en avant, s'était assoupi. Fernand sortit sa montre de gousset : 18 heures ! Il était inquiet ou plutôt, il pensait surtout que Marcelline devait s'inquiéter.

Après une demi-heure de route, lorsqu'ils eurent passé le carrefour de la Croix de Fer, Fernand tenta, sur cette portion de route qu'il connaissait bien, de pousser Vineuse à un léger trot. Elle s'y prêta très bien. Emilien hochait davantage la tête dans son sommeil, à chaque pas de la jument.

Trois cents mètres avant l'entrée du village, Fernand, peut-être lui aussi légèrement assoupi, ne rectifia pas la trajectoire de Vineuse à l'approche d'un virage à gauche bordé d'un fossé. La voiture s'écarta de la chaussée, la roue droite glissa et la pauvre jument, encore debout, s'immobilisa, enlisée dans la boue sur une bonne profondeur. La voiture avait pris du "gîte", prête à verser. Emilien se réveilla brusquement :

– Non dédiou, non dédiou quoique s'en est a'ch't'heure ?

– Bah avec ch'brouillard, on n'a pas vu ch'virage !

– Bon, bah, faut qu'on s'sorte de ch'pétrin. Fernand va au licol de Vineuse, tu vas la tirer pour qu'elle sorte de ch'fossé et mi je va maintenir ch'carriole pour qu'elle ne verse pas sur ch'côté.

– J'y vais Emilien, si la Vineuse sort de ch'fossé, on est tiré d'affaire !

– Tire-la bien vers toi Fernand, pour qué s'dégage de ch'bourbier, mi j'l'aiderai en forçant sur l'roue pour qu'elle sorte de l'ornière. Allez vas-y Fernand, tire ! Allez hue ma Vineuse ! non dédiou, encore un effort, c'est presque bon. Allez hie donc !

La bonne jument, après avoir trouvé appui de ses deux jambes avant sur la partie dure du bord de la route, donna un bon coup de reins et, aidé par Emilien qui forçait sur la roue embourbée, le convoi fut sorti d'affaire. Mais dans quel état étaient-ils ?... Le beau costume du dimanche et les souliers vernis étaient tout crottés. Emilien avait été enlisé jusqu'aux mollets, mais lui, vivant seul dans sa petite exploitation, n'avait de comptes à rendre à personne. Comment allait réagir Marcelline qui n'avait jamais eu aucun reproche à faire à son Fernand depuis plus de deux ans qu'ils étaient ensemble ?

Ils rentrèrent dans la cour de la petite ferme de Fernand. Dès qu'elle les entendit, Marcelline sortit de la maison affolée, mais surtout rassurée de retrouver son Fernand :

– Mais quoiqu's'en est donc pour que vous soyez de retour à ch't'heure lo ?

– Marcelline, il ne faut pas en vouloir à Fernand ; nous avons eu un accidint à l'entrée d'Onvillers !

– Un accidint ? Marie Jésus ! qué malheur !

Elle s'empressa de se signer d'une croix.

– Un accidint ! Mais que s'est-il donc passé ?

– Eh bien avec ch'brouillard à couper au coutieu, Vineuse n'a pas vu ch'virage après l'Croix d'Fer et elle nous a fait nous enliser dans ch'fossé !

– Enfin vous voilà, c'est le principal ; vous n'êtes pas blessés et il n'y a rien de cassé apparemment !

– Non rien, mes deux brebis derrière, elles ont suivi en glissant sur l'plancher et l'poste de T.S.F. de Fernand, il était bien calé sous la banquette, il n'a eu aucun choc.

– Bah… mes garchons, on peut dire qu'vous n'avez eu d'el chance.

– Oui, on peut dire ça…

Emilien rentra chez lui, libéra ses deux brebis dans l'enclos qu'il avait aménagé dans sa cour de ferme. Il détela Vineuse qu'il conduisit à son écurie et hissa péniblement une bonne fourchée de fourrage dans son râtelier. Puis, il entra dans sa petite maison où personne ne l'attendait. Il s'affala dans son fauteuil paillé sans même se déshabiller et y prolongea l'assimilation de ses nombreux verres d'absinthe.

Fernand s'en sortait bien. L'accident sur le retour apporta l'opportunité de circonstances atténuantes sur son retard, sur l'état de salissure de son pantalon de costume et de ses souliers du dimanche. Il avait trouvé tout juste la force, assisté de Marcelline, pour transporter le gros carton du poste de T.S.F. dans la cuisine :

– Je verrai demain à brancher ch'poste parce qu'au soir y se fait tard et à ch't'heure-chi y a plus de radio.

Fernand s'était brutalement assoupi sur sa chaise devant la table de la cuisine. Marcelline le déchaussa et lui ôta son pantalon, parce qu'apparemment, la fatigue du voyage et l'imprévu sur la route avaient troublé son équilibre…

Sa tête était retombée sur ses deux bras, il était affalé sur la table. Marcelline était surprise ; elle n'avait jamais vu son Fernand dans un tel état. Elle s'approcha un peu plus près, cherchant à le renifler ou à fouiner on ne sait quoi, semblable à une truie à la recherche d'une truffe.

– Fernand, dis-moi, fais-mi voir t'bouque, ton haleine a un'drôle d'odeur ? Mais on dirait qu't'as bu ? Et qu'tu pourrais être un peu soûl ! Ch'l'accidint ce n'serait pas que tous les deux vous étiez ivres à ne plus pouvoir conduire l'carrette ? Ch'brouillard il a bon dos mes gaillards. Allez, vas rejoindre tin lit, demain t'o seras plus clair.

Fernand enfila difficilement sa grande chemise de nuit ; Marcelline ne l'aida pas, le laissant dans l'embarras de ses excès au bistrot de Francine.

Le lendemain matin, Fernand était tout confus de son comportement de la veille. Il expliqua à Marcelline les circonstances de son entraînement à l'estaminet de Francine et, comment il lui avait été difficile de refuser à Emilien, vu sa gentillesse de l'avoir emmené à la foire d'automne. Marcelline ne lui en tint pas rigueur. Elle savait que son Fernand n'était pas un habitué des bistrots mais elle ne put s'empêcher d'y apporter la moquerie qui lui revenait :

– Bah min cochon ! t'en t'nait une sacrée hier ! Heureusement que vous n'avez pas versé dans ch'fossé parce que là vous y auriez passé l'nuit. J'espère qu't'as pas été vouère les filles min cochon avec la Francine ? J'suis sûr qu'l'Emilien y doit connaître ché'd'ssous ! Mais lui ça peut être normal, il a point de femme à ch'maison.

Fernand n'insista pas, il reconnaissait ses torts et ne tarda pas à installer l'antenne de son poste de T.S.F. pour faire oublier son périple. Ils choisirent de le placer sur le buffet de la cuisine. Après avoir accroché au mur le fil de l'antenne et raccordé la radio à la prise électrique, Fernand débloqua le bouton central et le grand cadran s'alluma. Il le tourna avec douceur pour orienter l'aiguille dans un sens puis dans l'autre, cherchant la station qu'il avait du mal à capter. Il n'obtenait que des sifflements, avec par moment, quelques paroles ou un semblant de musique. Marcelline était émerveillée de cette modernité dans leur maison. Il faut dire qu'en 1938 la T.S.F. en était qu'à ses débuts, Onvillers étant loin de la Tour Eiffel. Fernand arriva, certains soirs, à intercepter la station Radio-Paris. Quelques informations venant d'un speakeur, leur parvenaient et ils eurent la surprise d'entendre un chanteur que le présentateur avait nommé Maurice Chevalier.

L'acquisition du poste de radio par Marcelline et Fernand fut mal perçue dans le village. Les critiques, mêlées à de la jalousie, allaient bon train. Monsieur le curé, dans son homélie, avait pourtant insisté sur la tolérance et l'amour que chacun devait avoir pour son prochain avec les conflits et la crainte d'une guerre ! Mais non, dans le village c'était plutôt : « vous n'savez pas !… La Marcelline et l'Fernand y z'on une T.S.F. sans avoir de sous. Ils habitent dans une ferme qu'ils louent et ils veulent jouer les riches ! ». La mère de Fernand, Léone, disait de sa belle-fille : « ça n'm'étonne pas de ma bru, elle n'a que de la folie et des grandeurs c'est un'orgueilleuse ch'te fille, c'est sûrement pas mon bon Fernand qui aurait fait un achat pareil, lui ». Bref ! Tous ces ragots n'affectaient pas Fernand et encore moins Marcelline. Pour eux, cet achat était une vision de progrès et d'ambition pour l'avenir.

– Tu vois Marcelline, y z'on beau nous critiquer avec ce poste, mais on a bien fait de l'acheter pour connaitre tout ce qui se passe à ch't'heure à Paris. Y s'pourrait que j'sois mobilisé si la guerre éclate. Il faut que je retrouve le fascicule qu'ils m'ont donné lorsque j'ai terminé mon service.

– Ne parle pas de ça min Fernand, y manquerait plus qu'ça nous arrive ! S'il y avait la guerre, elle n'durera pas avec chés canons qu'on a'ch't'heure !

L'achat du poste n'avait pas mis le ménage en difficulté. Marcelline tenait les comptes avec beaucoup d'attention et son petit commerce de produits laitiers, avec les quelques volailles qu'elle vendait, contribuait à ce qu'elle mette un peu d'argent de côté. Elle soutirait chaque semaine 35 francs qu'elle allait placer dans une boîte de métal, une ancienne boîte de masque à gaz de la guerre de 14/18. Elle la dissimulait à la cave, derrière les bouteilles de frênette.

Fernand était un homme courageux et avec Marcelline, leur ferme était très bien entretenue. Au centre de la cour le tas de fumier était parfaitement bordé, un caniveau sur le pourtour irriguait le purin qui se déversait dans une petite mare derrière l'ancienne porcherie. Aux premiers beaux jours du printemps, Marcelline avait repeint les volets des fenêtres donnant sur la rue, elle avait également planté des iris le long de la maison. Toutes ces délicates attentions en faisaient une ferme modèle et attisaient les jalousies de ceux qui avaient du mal à balayer devant leur porte ou qui laissaient le purin de leur étable rejoindre le fossé du village, en passant devant leur maison.

Fernand avait dégagé la nouvelle cave sous la grange. Celle-ci offrait effectivement plus de fraîcheur et était mieux ventilée. Marcelline avait repris la fabrication de son fromage, son cœur d'Onvillers comme elle l'appelait. Son affinage était parfait, aussi, en plus des habitants du village, l'épicier de Boulogne-la-Grasse lui en prenait régulièrement une dizaine pour son commerce.

L'hiver passa, un matin d'avril, Marcelline prolongea sa nuit jusqu'au lever du jour. Ce n'était pas dans son habitude, il était presque neuf heures. Fernand avait déjà attelé Grisou au tombereau pour charrier un peu de fumier, dégageant le tas de la cour, pour aller le déverser dans la pièce du chemin de Faÿ ; il retourna à la cuisine pour prendre une tasse de café et fut surpris :

– Bah ! Marcelline t'es core dans ch'lit ? T'as donc quequ'chose qui n'va pas ?

– O mon Fernand je n'me sens pas bien du tout ; j'ai comme des nausées, j'ai l'impression qu'avec le retard que j'ai… !

– Veux-tu que je fasse venir le docteur Puissand ?

– Non ce n'est pas la peine, je pense savoir d'où ça vient…

Elle songea immédiatement à ce qu'elle avait déjà connu et dans sa tête, elle s'empressa de calculer l'aboutissement qui l'attendait.

– Ce n'est rien mon Fernand, j'ai l'impression que Juliette pourrait bin avoir un tchiot frère l'automne prochain.

– Mais c'est un'bonne nouvelle ma Marcelline, viens-lo que j't'embrasse. Donne-mi un bieu garchon. Ce sera que du bonheur dans not'maison. En attendant, j'm'en va déverser ch'tombereau à ch'Faÿ.

Fernand retourna à son tombereau plein de fumier. Il était ravi. Un garçon qui pourrait lui donner un coup de main et qui porterait son nom.

– Enfin attendons, se dit-il ! J'aimerais qu'il porte l'prénom d'm'in père, je suis sûr que cela lui ferait plaisir et ce serait une façon de le remercier pour l'argent qu'il m'a prêté pour avoir la ferme du père Adam.

Tout allait pour le mieux à la ferme. Marcelline et Fernand menaient leur exploitation avec une dévotion stimulée par leur amour l'un pour l'autre, depuis le premier jour de leur rencontre. La petite Juliette trottait seule dans la cour, toujours souriante et très bavarde. Elle venait régulièrement caresser *"Marquis"* le berger des Pyrénées, attaché par une chaîne à sa niche, devant l'entrée de la cave sous l'auvent de la grange. Marcelline avait fabriqué pour le Noël de sa petite fille, une poupée de chiffon avec une chute de tissu blanc. Elle lui en avait donné la forme en la bourrant de menue-paille de blé et du son. Elle lui avait fait des bras et des jambes. Sur la tête, elle avait pris soin de coudre deux petits boutons noirs pour les yeux. Elle avait dessiné à l'encre le nez, la bouche et des oreilles et cousu un reste de laine pour faire les cheveux. Elle lui avait aussi confectionné une capuche dans un vieux pull-over que le père Adam avait laissé dans le bail… Juliette ne se séparait jamais de sa poupée. Elle avait été baptisée *"Séraphine"* qu'elle surnomma également Fine, comme leur voisine qui était elle aussi très attachée à l'enfant depuis sa naissance. Juliette serrait très fort sous son bras sa petite Fine et s'endormait avec elle.

*

*   *

Depuis l'acquisition de son poste de T.S.F, Fernand ne manquait pas les informations, tous les soirs, l'oreille collée à l'appareil. Dès le début de l'année 1939, tout allait mal en France et même au-delà. Albert Lebrun, pourtant réélu président de la République, avait beaucoup de difficultés. Le 14 juillet, pour le

150ème anniversaire de la prise de la Bastille, chaque formation politique fêta l'évènement de manière indépendante, ce qui était révélateur de l'ampleur de la crise. Des tensions politiques positionnaient la France ; le gouvernement avertit un dictateur allemand de sa fermeté dans ses engagements. Le code des familles sanctionna sévèrement l'avortement par un décret du 29 juillet. La France était frappée par la dénatalité et le vieillissement. Une prime allait être attribuée aux familles pour chaque naissance.

La situation n'était pas brillante en France, comme dans d'autres pays voisins. La guerre se profilait à l'horizon. Les allemands commençèrent à envahir la Belgique puis le nord de la France. Marcelline n'y croyait pas. Elle disait que c'était un'drôle de guerre et que cela ne durerait pas. A la radio, on parlait d'exode dans les grandes villes. De nouveaux soldats réservistes étaient rappelés pour aller au combat ! Fernand prenait conscience de la gravité de la situation. Il craignait d'être mobilisé aussi, dès la fin du mois d'août, il avait avancé ses labours avec son attelage de deux chevaux pour épargner Marcelline, au cas où il devrait partir. Il n'avait pas perdu de temps.

Le 1er septembre 1939 ce fut la mobilisation générale. Le ministre de l'armement Raoul Dautry relança l'équipement, avec même des mitrailleuses montées sous les ailes des avions. Fernand, qui avait terminé son service militaire en 1936, était encore réserviste ; il pouvait être rappelé pour aller au front. Marcelline s'inquiétait :

– Enfin Fernand, n'y pensons pas et encore une fois ce poste de T.S.F. nous est bien utile. C'est que mon Fernand, avec c'qui z'on dit al'T.S.F, on va avoir droit à un'prime cette fois-chi pour la naissance.

Ça paiera les couches et peut-être ches brassières qui sait ? Y vont pas quand même t'envoyer faire la guerre mon Fernand avec nos deux enfants ?

– Bah…, tu sais… y faut s'y attendre ! A Remaugie, Charlot il a bien été rappelé ; il est parti la semaine dernière et pourtant, il est marié avec un tchiot aussi.

– De toute façon mon Fernand je n'pense pas que c'te guerre va durer, si tu pars je suis sûr que tu seras revenu pour la moisson. Je vais prier pour, mon Fernand !

– Tu es bonne ma Marcelline, on en a bin b'soin avec l'tchiot qui va venir !

Sur le coup des huit heures, ce samedi 2 septembre 1939, monsieur le maire, Victor, frappa à la porte de la cuisine :

– Bonjour Fernand, ah ! j'ai une mauvaise nouvelle pour toi que les gendarmes m'ont apportée hier soir. Je dois l'afficher à la mairie. Je n'ai pas voulu gâcher ta nuit, alors j'ai préféré ne venir que ce matin.

– Que se passe-t-il Victor, dis-moi ?

– Eh bien Fernand, c'est la mobilisation générale faut qu'tu t'prépares pour aller au front. Tiens voilà, ils m'ont apporté ton ordre de mobilisation, il faut que sous quarante-huit heures tu sois à la caserne du 5ème Dragons, quartier Bouvier à Compiègne. Même marié avec un enfant tu n'peux pas passer au travers.

– Je ne te remercie pas Victor, tu as raison, c'est une mauvaise nouvelle. Marcelline est en train de traire nos deux vaches et je n'sais pas comment lui apprendre la chose. Que veux-tu quand faut y aller ; je n'vais quand même pas déserter pour avoir les gendarmes à mes trousses.

– Tu as raison Fernand, je sais qu'tu es un garçon courageux et Marcelline aussi, elle comprendra très bien.

Victor s'éloigna ; Marcelline qui venait de terminer la traite entra dans la cuisine pour prendre une tasse de café et s'occuper de sa petite Juliette.

– T'en fais un'drôle d'tête min Fernand, qu'as-tu donc ?

– Marcelline… Victor vient de partir, regarde ! Il m'a apporté l'avis de mobilisation, je dois aller au front !

– Mon Dieu Fernand ! Qu'est-ce que j'va devenir avec ma petite Juliette et ch'tchiot qui va venir, sans toi mon Fernand ?

– Ne pleure pas Marcelline, je ne serai pas parti bien longtemps, tu me l'as dit l'autre jour que je serai revenu pour la moisson !

– Je ne pensais pas que tu partirais !

– T'inquiète pas Marcelline je t'écrirai et puis je pourrai sûrement revenir en permission !

Marcelline était effondrée. Tous ses projets s'écroulaient. Comment faire face sans Fernand ! Elle allait se retrouver subitement seule pour maintenir la ferme, s'occuper des bêtes, continuer à cultiver les 12 hectares, son petit commerce de beurre et fromages, seule avec sa petite Juliette et son petit frère qui allait naître dans quelques semaines. Ses prières n'y pouvaient plus rien.

Ce jour-là, Fernand avait prévu d'atteler ses deux chevaux au brabant pour labourer la grande pièce au carrefour de la Croix de Fer, persuadé qu'il gagnerait du temps avec ce double attelage et aussi pour soulager la Brunette qui commençait à peiner avec l'âge.

Pourtant, Fernand ne travailla pas ; il ne pouvait imaginer que demain, il devait tout abandonner. Il préféra rester auprès de Marcelline. Il faut dire aussi que le temps n'y était pas pour labourer, la terre était trop grasse. Le ciel était couvert. La ferme pleurait le départ de Fernand, avec cette pluie qui ne cessait de tomber. Fernand resta devant la cuisinière, caressant la douceur de la peau des petites cuisses bien potelées de sa petite Juliette assise sur ses genoux et fumant cigarette sur cigarette. La guerre avait envahi ses pensées. Toute la matinée, Marcelline s'activa pour lui préparer un bon déjeuner. Le poste de radio ne fut pas allumé ce jour-là. Ils étaient silencieux, ne trouvant pas les mots pour se réconforter. Marcelline lui reprit Juliette et l'invita à passer à table.

Fernand s'assit à sa place habituelle, en bout de la grande table rectangulaire, le dos à la fenêtre, près de son poste de T.S.F. En entrée, sa femme lui avait ouvert un de ses pots de rillettes de lapin. Sentant la bonne odeur, Fernand, comme une mise en appétit, s'empressa de sortir son canif de la poche de son pantalon. Il l'ouvrit et, saisissant la tranche de gros pain que Marcelline lui avait coupée, il prit soin d'étaler son régal qu'il mélangea à une fine couche de saindoux. Puis, Marcelline lui avait concocté son plaisir de saison : de belles grosses tomates farcies de son jardin. Elle avait fait revenir également à la poêle dans la graisse de canard, des petites pommes de terre nouvelles provenant de sa récolte personnelle. Ce 2 septembre, elle voulait qu'il soit heureux son Fernand. Elle lui avait préparé une tarte aux prunes qu'elle avait nappée d'une crème aux œufs, sans oublier une bonne bouteille de cidre bouché. Dès qu'ils eurent terminé ce repas qui n'était pourtant pas un repas de fête, elle prit la cafetière bien chaude sur le coin du feu, remplit le verre de Fernand et y ajouta ses deux cuillerées habituelles de sucre cristallisé. Il sirota du bout des lèvres son café fort chaud, puis reposant sa tasse, il prit la main de Marcelline assise près de lui qu'il serra très fort. Ils se regardèrent, des larmes pointaient dans leurs yeux.

– Marcelline ! Nous n'avons eu que d'l'amour tous les deux depuis que nous sommes mariés. J'suis sûr qu'on ne se quittera pas longtemps. J'penserai à toi et à nos tchiots tous les jours. Je suis sûr que tu vas t'en sortir toute seule à l'ferme, j'te conno bin courageuse ma Marcelline et j'suis même sûr qu'tu n'iras point voir d'autres hommes si j'suis trop longtemps parti. On s'aime trop m'in tchiote, hein !

– Oh oui min Fernand, to es m'in homme, j'serai toujours là pour ti parce que j't'aime d'trop.

– Viens donc lo ma Marcelline que j'te fasse un'bise !

Marcelline ne prit pas la peine de débarrasser le couvert ; elle coucha Juliette dans son petit lit et ils allèrent tous les deux dans leur chambre pour faire une sieste de bonheur. Marcelline faisait attention à son gros ventre, Fernand y posa ses mains pour sentir bouger le bébé qui renforçait leur amour. Après avoir partagé ce doux moment, l'un et l'autre s'endormirent enlacés.

Le carillon sonna les quatre coups de l'après-midi lorsque Fernand se réveilla. Marcelline l'avait précédé pour faire la vaisselle. Le lendemain matin, Fernand devait se lever très tôt pour rejoindre la gare de Laboissière-Fécamp où il prendrait le train pour Compiègne.

En fin d'après-midi, comme un adieu, Fernand alla donner une portion d'avoine écrasée et une fourchée de foin à ses deux fidèles compagnons qu'il allait devoir quitter. Il resta un instant les regarder manger bruyamment, c'était leur façon de remercier leur maître. Puis, il se dirigea vers l'étable à vaches où Marcelline venait de commencer la traite du soir. Fernand l'aida à remettre un peu de paille sous les bêtes et ramena de la grange deux bonnes fourchées de luzerne pour chacune. Marcelline leva la tête et lui dit :

– J'ai bien l'impression que la dernière fois que j'ai conduit la Rosette chez le Victor, ça été bon pour elle parce que regarde donc l'panse qu'elle a à ch't'heure ?

– Pour sûr qu'elle est pleine la belle, je ne me fais point de soucis tu sauras bin t'en sortir !

La nuit commençait à tomber. Fernand et Marcelline rentrèrent à la maison accompagnés de leur petite Juliette. Marcelline tenait son gros ventre comme pour prendre soin de ce qui appartenait autant à Fernand. Il n'alluma pas la radio se reprochant de l'avoir achetée et se sentant responsable des mauvaises nouvelles qui les accablaient maintenant. Marcelline, après avoir donné à Juliette une bouillie de phosphatine Fallières et un biberon de lait, ne tarda pas à la coucher. Ils se retrouvèrent à la lueur du foyer ouvert de leur cuisinière pour une dernière soirée. Marcelline prit la main de Fernand qu'elle ne cessait de caresser et d'embrasser. Lui avait l'esprit très préoccupé par ce départ et la regardant :

– Si je tarde à revenir et que tu trouves des difficultés dans les travaux des champs, demande à mon père ; il te donnera un coup de main.

– Je m'en sortirai, ne t'inquiète pas ! Je sais atteler la Brunette, je saurai très bien la conduire pour finir les labours et pour semer les blés. Je n'tiens pas à demander à ton père, parce que t'mère n'apprécierait pas. Elle ne m'a jamais bien eu dans s'in cœur.

– Si tu as besoin d'argent, y a ce qui t'faut à la cave dans l'boite à masque, tu sais. Y a suffisamment pour payer les semences.

– T'inquiète pas min Fernand, il en restera cor quand qu'to reviendras. Je compterai mes sous et j'dépenserai point pour des folies. Même si t'es pas revenu pour Pâques, tu retrouveras ta ferme comme si t'étais point parti. J't'aime trop m'in Fernand.

– Mi aussi Marcelline, j'suis bin content d't'avoir comme femme.

– Allez viens mon Fernand, demain tu dois te lever très tôt, faut que j'te prépare t'musette avec au moins queques mouchoirs et un caleçon propre. Allez viens donc, on va s'coucher.

Fernand entra dans la chambre de Juliette qui s'était endormie. Dans l'obscurité de la pièce, il lui fit un long baiser sur le front. Demain, lorsque Fernand quittera la maison, Juliette dormira encore et elle ne verra pas son papa partir. Marcelline et Fernand ne trouvèrent pas le sommeil, ils auraient voulu arrêter le tintement des heures du carillon de la salle qui rétrécissait ce moment et le rendait encore plus douloureux. Chaque fois que Fernand avançait une recommandation pour la ferme, elle lui répondait par un baiser, se serrant très fort contre lui.

– Ce sera pas long mon Fernand, c'est sûr, elle n'va pas durer cette guerre, j't'attendrai l'temps qu'il faudra.

Ils s'endormirent après les quatre coups du carillon et heureusement que la petite Juliette fit un mauvais rêve et qu'elle se réveilla en pleurs sur les sept heures sonnant. Marcelline déclara :

– Tu vois min Fernand, l'Juliette, elle sent bin qu'chin père y quitte el'maison. Pauv'tchiote c'est de l'peine pour nous tous.

Fernand, en pantalon, sortit de la maison et se rendit au bac des chevaux pour se passer la tête et le torse à l'eau. Puis, bien réveillé, il alla dans la buanderie pour se raser avec son coupe-chou, devant le morceau de miroir brisé accroché au mur et il retourna à la cuisine pour boire son bol de café-chicorée. Marcelline lui avait coupé deux belles tranches du gros pain frais de la veille et elle avait pris soin de les beurrer. Pas un mot, encore moins de radio. Le silence, entrecoupé de légers reniflements de l'un ou de l'autre, suffisait ; avalant le fond de son bol d'un trait, Marcelline dit :

– Ça va aller mon Fernand, couvre toi bien, pour n'pas attraper froid.

Fernand prit sa grosse veste de toile, rassembla son paquet de tabac gris et ses feuilles à rouler, regarda une dernière fois sa montre de gousset et :

– Faut que j'y aille ma Marcelline. J'n'suis cor point rendu d'el gare. Sèche donc tes larmes min tchiote. Tu penseras à faire venir l'maréchal ferrant pour Grisou, il a perdu un fer à ch'pied.

– Oui mon Fernand n't'inquiète pas, je veillerai à tout. Embrasse-moi donc min Fernand, dépêche-ti tu vas manquer tin train ;

– A'rvouère ma Marcelline.

Fernand quitta la maison. Il se retourna une dernière fois pour regarder Marcelline devant le porche, sa ferme et la grande rue d'Onvillers. Il coupa à travers champs pour rejoindre Remaugis et Fécamp. Il ne faisait pas chaud ce matin-là. Il releva le col de sa veste et pressa le pas pour rejoindre la gare de Laboissière.

Arrivé à la gare, il retrouva Lucien et Georges, deux anciens copains de l'époque où ils se retrouvaient à "l'ducasse"[8] de Rollot. Ils se serrèrent la main mais n'étaient guère vaillants. Fernand leur demanda :

– Vous allez aussi au 5ème Dragons ?

Lucien répondit :

– Oui, mais ça m'étonnerait qu'on reste à Compiègne, ils vont nous envoyer au front, dans l'Est, à coup sûr !

– T'as sûrement raison Lucien, ce serait trop beau qu'on reste à Compiègne.

La locomotive à vapeur s'annonça au loin par un sifflement et les trois camarades sortirent sur le quai. Seuls quelques voyageurs et des caisses de pigeons voyageurs, chargées dans le wagon de queue, les accompagnaient. Le chef de gare, qui leur avait délivré leur billet de mobilisés, les salua avec respect. Lorsque tout le monde fut monté, il leva son drapeau rouge, donna le coup de sifflet du départ et le train s'ébranla, la locomotive crachant des panaches de fumée. Tous les trois avaient descendu une vitre des fenêtres du wagon en bois et contemplèrent une dernière fois la grande plaine du plateau de Santerre. Puis ils se rassirent et chacun, sans dire un mot, sortit sa blague à tabac ou son paquet de gris pour se rouler une cigarette. Fernand prit son briquet à pétrole et en offrit la flamme à ses copains.

Le voyage dura plus d'une heure. Ils étaient bercés par le balancement du wagon et par les claquements répétitifs des jonctions des rails. Lorsqu'ils arrivèrent

---

[8] fête villageoise, fête foraine.

à Compiègne, ils aperçurent un militaire dans le hall de la gare et Georges alla lui demander où se situait la caserne du 5ème Dragons au quartier Bouvier.

– Bonjour les gars, le 5ème Dragons c'est à la caserne de cavalerie de l'autre côté de l'Oise, ce n'est pas très loin à pied.

– Merci chef !

En temps qu'anciens militaires rappelés, ils avaient reconnu le grade du sous-officier et n'avaient pas manqué au respect de rigueur.

III

Le 3 septembre, la T.S.F informa les auditeurs qu'Edouard Daladier venait de déclarer la guerre à l'Allemagne. Le parti communiste français fut interdit pour avoir dénoncé la guerre. Le nouveau pape Pie XII appela à la paix. Les Allemands commençaient à envahir la France ; c'était la débâcle et l'exode de la population qui fuyait l'invasion. A Paris, c'était aussi la pagaille ; le président du Conseil, Paul Reynaud, considérait son gouvernement comme démissionnaire.

Depuis le départ de Fernand, Marcelline avait reçu deux lettres. Il était toujours à Compiègne ; chaque jour, on lui annonçait un départ imminent pour l'Alsace, mais rien ne venait. Il n'avait toujours pas touché son paquetage avec sa tenue de soldat. Il avait l'impression de tourner en rond avec les ordres d'un jour et les contre-ordres du lendemain. Il était en bonne santé. Il s'inquiétait pour la naissance de son fils qui était prévue pour début novembre.

Marcelline avait sorti son encrier de l'école et sa plume sergent major pour lui répondre une longue lettre, bien écrite, sans faute d'orthographe ; elle s'appliquait en gardant une main sur son buvard. Elle lui dit que tout allait bien à la ferme. Grisou avait été re-ferré et le maréchal ferrant, très gentil, ne lui avait rien fait payer. Elle lui dit également que Juliette n'arrêtait pas de dire "papa". Marcelline s'était parfaitement organisée. Certains hommes d'Onvillers et même de Boulogne s'étaient proposés pour lui donner un coup de main. Mais elle ne voulait pas céder à toutes ces propositions voulant rester libre de décider, elle-même, de l'organisation de sa ferme.

Le 10 septembre 1939, Fernand reçut enfin son affectation pour Sélestat en Alsace. Toute la compagnie, commandée par un jeune officier, embarqua dans des wagons en bois, direction Paris gare du Nord. Arrivés au terminus, ils empruntèrent, à pied, la musette sur l'épaule, une petite rue qui les conduisit à la gare de l'Est, puis ils prirent un train pour Strasbourg.

Fernand retrouva Lucien et Georges ; ils restèrent ensemble pour le reste du voyage dans de beaux wagons de 3ème classe jusqu'à Strasbourg. A leur arrivée, ils durent à nouveau changer de train, canalisés dans la gare par le service de l'armée, direction Sélestat.

Aucun n'avait le cœur à chanter. Ils parlaient de la guerre avec le réarmement de l'Allemagne. Le trajet était morne, mis à part pour certains soldats qui avaient bu, ou d'autres qui tapaient la belote pour masquer la tristesse du voyage.

Depuis la déclaration de la guerre, plus aucune permission n'avait été possible. Fernand était désespéré, il songeait à la naissance de son fils, il ne pourrait pas être présent près de Marcelline.

A la gare de Sélestat, le service du 3ème bataillon de leur affectation les attendait pour les diriger vers les 10ème et 11ème compagnies de mitrailleurs. Après l'appel, en attendant leur paquetage, ils furent répartis par chambrée de douze avec un caporal responsable. Fernand toucha enfin son équipement ; chacun retrouva le grade qu'il avait lors de son service militaire d'origine. Il n'y avait plus de monsieur ou de simple prénom mais les gradés devaient être appelés par leur grade, précédé de "mon" à partir d'adjudant. Les récalcitrants étaient vite rappelés à l'ordre et sanctionnés par une corvée.

Au bout de quelques jours, ils retrouvèrent le rituel militaire que certains avaient quitté depuis peu. Ils réapprirent le salut réglementaire et les exigences dans leurs tenues. Ils reprirent également les cours théoriques et pratiques, tel que le crapahutage dans un terrain de manœuvre avec la mitrailleuse Hotchkiss 8mm, d'un poids de 25kg sur l'épaule. Fernand se réhabitua rapidement à son fonctionnement. Passés ces rappels des conditions pour être un bon soldat, ils eurent une permission pour sortir en ville. Les anciens du bataillon leur indiquèrent un endroit où tout bon soldat se devait d'avoir été une fois : "La Taverne Alsacienne", une grande salle avec un orchestre de femmes en costume régional. Fernand hésita, il s'y rendit entrainé par les camarades de sa section. La salle était grande et dès qu'une fille apparaissait, il y avait une dizaine de "troufions" pour l'inviter à danser. Les gars du coin ne voyaient pas cela d'un bon œil, ce qui provoquait des bagarres entre civils et militaires.

Fernand ne resta pas longtemps à la caserne. Rattaché à la Compagnie E.O (équipage et ouvrage), il fut affecté à la garde des casemates du bord du Rhin au secteur de Gerstheim. Il dut prendre son poste à la casemate de ligne d'arrêt : la "tuilerie d'en haut". Les hommes étaient regroupés par six avec un caporal-chef, Fernand y resta trois mois. Puis, il fût détaché à la casemate de berge du pont à bateaux plus au nord.

Fernand vivait des moments de solitude et ne pensait qu'à sa petite famille et sa ferme. Les allemands n'étaient pas encore présents, mais, selon ce que les officiers prétendaient, il fallait s'attendre à les accueillir en les repoussant sur l'autre rive du fleuve.

Fernand avait toujours une lettre prête à expédier à Marcelline mais il n'y avait pas de ramassage du courrier. Lorsqu'il sortit en ville pour se rendre à la taverne, il n'avait pas manqué de passer à la poste et d'y déposer une lettre. Quinze jours passèrent, il n'eut aucune réponse. Pour Fernand, le courrier circulait très mal, sa lettre ou sa réponse n'était sûrement pas parvenue à destination. Il s'inquiétait pour la naissance de son fils qui devait être imminente. « Est-ce-que je vais être prévenu ? Marcelline a-t-elle reçu ma dernière lettre où je lui précise mon adresse à Sélestat ? » se disait-il. Rien, pas de nouvelles. Le soir sur son lit de camp, il pensait très fort à Marcelline comme une prière. Il l'aimait et il était conscient du courage qu'il leur fallait pour attendre le moment où ils se retrouveraient. La guerre était bien là et la tension montait. Les soldats apprirent que la Tchécoslovaquie était occupée et de nouveaux matériels furent mis en place pour renforcer les positions des casemates existantes.

Fernand et ses camarades de la casemate attendirent des journées entières. Levés à 7 heures, "le jus" leur était apporté à tour de rôle du cantonnement situé à 1km, avec le pain pour la journée. Certains amélioraient l'ordinaire par quelques achats en ville : lard fumé, saucisson ou boite de sardines. Fernand, lui, n'en avait pas les moyens.

La journée, le train-train consistait à monter la garde de l'intérieur de la casemate. Les tours de garde étaient établis à l'avance et mentionnés sur un registre. Le soldat en faction avait le regard fixé sur l'extérieur par un créneau et se devait de signaler une arrivée indésirable et procéder aux sommations d'interpellation. La nuit, la casemate était fermée à clé de l'intérieur et il fallait montrer patte blanche pour en avoir l'accès.

Avec la mobilisation générale, des renforts arrivèrent et prirent position sur les bords du Rhin. L'état-major avait reçu des consignes des postes d'observation et donna l'ordre de doubler les sentinelles et de positionner des artilleurs sur les berges, avec des angles de tirs définis. De l'autre côté de la berge, les allemands étaient équipés de fusils à lunette avec des tireurs d'élite ; pas question de se promener à découvert. Les soldats creusèrent des boyaux de communication entre les casemates et mirent en place, la nuit, des chevaux de frises de barbelés. La tension montait. Chacun gardait son fusil MAS 36 près de lui, prêt à intervenir à la moindre alerte.

Un soir, vers 23 heures, le système astucieux d'alerte se mit en marche. Les fils qu'ils avaient installés, étaient tendus autour des casemates, reliés à un dispositif à mâchoire appelé “crocodile”. Celui-ci s'était refermé et déclencha le contact électrique d'alerte. Une personne avait heurté le fil. Fernand, qui assurait cette première garde, prévint aussitôt le sergent, chef de section. Personne n'en menait large, le fusil à la main. La lumière resta éteinte. Fernand, l'œil dans la meurtrière de la porte, scruta les alentours, favorisé par un clair de lune et découvrit la cause du déclenchement. Le vent, qui soufflait dehors, avait arraché et fait basculé la branche morte d'un marronnier sur le fil. Le chef désigna Louis pour assister Fernand, dans la nuit, à l'extérieur pour retendre le fil et rouvrir la mâchoire, réarmant ainsi le système d'alerte. L'incident fut signalé par radio aux autres casemates, parce que les allemands faisaient traverser le Rhin de nuit à des hommes commandos (hommes grenouilles), pour saboter l'arrière des lignes françaises. A Rhinau, deux allemands furent arrêtés déguisés en bonnes sœurs.

En mai 1940, les allemands attaquèrent au nord.

Au lever du jour, un avion d'observation allemand, un "Fischer Torch", passa à basse altitude. Les "moulins à café", vieilles mitrailleuses Hotchkiss de 8mm se mirent en action pour l'arroser de quelques giclées. Il disparut de l'autre côté du fleuve.

Les allemands tentèrent de traverser le Rhin au prix de lourdes pertes. Les occupants des casemates restaient sur le qui-vive. Ils percevaient les bruits de violents combats venant du sud. Les copains du 1er bataillon devaient déguster. Aucune nouvelle, sauf de quelques soldats qui faisaient retraite vers le nord. La plupart étaient seuls, sans encadrement. Fernand sortit de sa casemate pour inviter deux d'entre eux à s'y réfugier et pour leur donner du ravitaillement.

Le 17 juin vers 16 heures, la sentinelle de garde appela Fernand :

– Viens voir, un soldat du bataillon sans arme nous rend visite, il est sur un vélo de l'armée.

– Qu'est-ce qu'il veut ?

– Je ne sais pas, c'est un caporal.

Fernand lui ouvrit un passage dans les barbelés et le caporal leur dit :

– Les allemands remontent vers le nord, on est encerclé. J'ai ordre de vous remettre le fanion du Régiment. Prenez-le, salut et bonne chance, je file !

Fernand prit possession du fanion et en référa au capitaine par radio ; celui-ci lui répondit : « gardez-le, on verra plus tard ».

Le 18 juin, Fernand et les occupants de la casemate reçurent l'ordre d'évacuer. Tout le monde fit son paquetage avec ses armes individuelles et les fusils mitrailleurs, sans oublier les munitions. Ils formaient l'arrière-garde, avec un groupe de la casemate du village de Gerstheim qui leur fournit des vélos. Sur leur retrait, ils prirent position dans les vignes ; un side-car allemand approchait. Louis sortit son FM et une rafale lui fit faire demi-tour. Il était en reconnaissance. Le groupe se replia vers l'arrière jusqu'à Ottrot, où il trouva refuge chez l'habitant. Fernand, Louis et deux autres camarades se retrouvèrent chez des viticulteurs qui les accueillirent avec beaucoup de gentillesse. Fernand en profita pour demander à la maîtresse de maison de lui poster une lettre pour sa femme.

– Je suis de la Somme, ma femme a dû accoucher ; je n'ai pas de nouvelles. Pouvez-vous remettre cette lettre à un facteur s'il vous plaît ?

– Bien sûr monsieur ! Il ne passe plus tous les jours, mais je le guetterai, vous pouvez compter sur moi.

Le lendemain, ils quittèrent ce qui aurait pu paraître un havre de paix, mais il leur fallait rejoindre le reste de la compagnie à Schirmeck. Ils décidèrent d'abandonner leurs vélos pour continuer à pied, à travers bois. Ils poursuivirent leur route et arrivèrent à un pont. Après leur passage, ils reprirent leur travail d'arrière-garde et le détruisirent. Soudain, le "coucou" allemand, le “Fischer Torch”, fit à nouveau son apparition. Les fusils mitrailleurs se mirent en batterie et Louis l’abattit. L’avion partit en piqué pour s’écraser en lisière de la forêt. Les autres avions ne purent venir les arroser à leur tour, étant dans une vallée encaissée des Vosges et aussi, occupés par d’autres actions dans l’axe nord-sud en bordure du Rhin.

Fernand et son groupe passèrent au pied du fort de Munster pour arriver à Schirmeck. Ils retrouvèrent une grande partie de la compagnie. A son arrivée, Fernand fut nommé caporal par le capitaine, peut-être pour avoir été porteur du fameux fanion qu’il avait pris soin de conserver, dont il ne savait que faire. Quelques jours plus tard, Fernand, les galons mal cousus, vint aux ordres. Le lieutenant lui dit :

– Allez prendre position sur le sentier qui vient de Faudray, au bord de la Bruche.

Fernand, Louis et quatre autres soldats installèrent leurs fusils mitrailleurs dans des trous individuels, camouflés des avions par des sapins qui venaient jusqu’au bord de la rivière. Fernand demanda à Louis de se poster pour monter la garde, afin d’éviter toute surprise. Ils observèrent les alentours et constatèrent que de nombreux français avaient pris position sur la colline en face. Fernand décida de se rapprocher et d’escalader cette colline.

A peine eut-il grimpé une centaine de mètres qu’il entendit un clairon sonner le cessez-le-feu. Louis et Fernand furent très surpris. Il était 13 heures 25, c’était un dimanche. Ils redescendirent sur le chemin et rencontrèrent un paysan qui leur dit :

– La guerre est finie, le Maréchal Pétain a signé l’armistice, je l’ai entendu au poste ce matin.

Louis et Fernand ne comprenaient pas ! « Est-ce bon pour nous se dirent-ils ? » Ils décidèrent d'enterrer leurs armes et l'ensemble du groupe descendit voir le lieutenant commandant de compagnie. Lorsqu'ils arrivèrent, celui-ci leur demanda :

– Qu'avez-vous fait de vos armes ?

– Nous les avons cachées mon lieutenant !

– Retournez les chercher parce que les troupes qui auront plus de deux jours de munitions et de ravitaillement seront considérées comme “prisonniers d'honneurs” et envoyées dans le sud de la France pour être démobilisées. C'est ce qu'annonce la voiture haut-parleur dans les rues de Schirmeck.

Fernand et ses camarades eurent confiance ; cela leur confirmait la valeur du traité. Ils rejoignirent les autres groupes pour défiler dans les rues de Schirmeck où les allemands leurs présentèrent les armes. Cette convention d'armistice les arrangeait fortement car à Donon, sur la colline des Vosges, cinq divisions françaises les attendaient et eux n'avaient que quelques troupes et chars pour tenir la vallée. Fernand et de nombreux camarades du groupe regrettèrent s'être rendus. Ils n'auraient eu qu'à traverser la trouée de Belfort pour se retrouver en zone libre. Certains ne voulurent pas céder à cet armistice, ils tentèrent l'évasion, en se faufilant et échappèrent aux allemands.

Fernand, Louis et ses compagnons restèrent huit jours dans les sapinières d'un hameau « Les Quebles » sous une pluie diluvienne. Ils ne manquaient de rien. Fernand espérait un retour à Onvillers puisque la guerre était terminée.

Une semaine plus tard, les soldats reçurent l'ordre de se préparer pour aller prendre le train pour Strasbourg. Fernand se réjouissait : « ils appliquent le traité », se disait-il. Il allait enfin retrouver Marcelline, sa petite Juliette, son fils qui devait être né et sa ferme, comme au jour où il l'avait laissée.

Ils prirent place dans des camions pour rejoindre la gare. Ils étaient bien encadrés, il ne leur était pas possible de faire le moindre écart. A un moment, ils stoppèrent en bordure d'un champ ; des soldats allemands sortirent, les armes à la main. Fernand ne comprenait plus :

– Que se passe-t-il ? La guerre est pourtant terminée, ils ne vont quand même pas nous fusiller ?

L'inquiétude s'était généralisée à tous les militaires français qui ne parlaient plus. Les soldats allemands avaient les armes braquées sur eux et pas question de bouger.

Un convoi d'Etat-Major allemand passait. Parmi la multitude d'officiers, Louis reconnut, par l'entrebâillement de la toile du camion, dans une des voitures, la silhouette d'Hitler, sur les marchepieds de sa grosse Hotchkiss décapotable ; des soldats en armes debout le protégeaient.

Ils restèrent plusieurs jours à Strasbourg, au « Polygone ». Impossible de s'échapper, ils étaient bien gardés. Fernand était désespéré. Il n'avait pas eu de nouvelles de sa famille depuis de nombreux mois et il sentait que quelque chose allait se passer. Cette situation ne ressemblait pas à la fin de la guerre. Tout le monde attendait entassé dans un baraquement avec des sentinelles qui montaient la garde. Un matin, direction la gare et embarquement dans des wagons de marchandises où il était écrit : 40 hommes et huit chevaux en long. Leurs officiers n'étaient plus avec eux, ce qui leur faisait penser que le traité ou la convention avait du plomb dans l'aile… En effet : « en voiture !!! », les wagons étaient fermés, portes bloquées et départ.

Rapidement, ils s'aperçurent qu'ils ne prenaient pas la direction du Sud mais celle du Nord et ils virent passer la frontière vers la Sarre.

IV

Marcelline avait bien reçu la lettre que Fernand avait postée à Sélestat. Elle apprit donc son affectation en Alsace ; elle ne désespérait pas de le voir revenir aux beaux jours pour faire la moisson. Elle s'empressa de lui répondre, mais sa lettre ne lui parvint pas.

Quelques semaines plus tard, Marcelline sentit des contractions douloureuses dans son ventre. Elle se souvint que pour Juliette, ce fut annonciateur de l'arrivée du bébé. Elle alla chercher Fine qui la raccompagna à sa maison sans tarder.

– Tu sais Marcelline, ça veut dire que le moment approche ; moi, j'ai bien envie d'aller à la cabine de la poste, chez Mauricette, pour demander au docteur Puissand de venir. C'est plus prudent. Vaut mieux éviter ce qui s'est passé pour Juliette.

– T'as sûrement raison, vas vite !

Fine s'empressa d'aller jusque chez Mauricette pour téléphoner au docteur Puissand. Le médecin était chez lui en consultation et l'avisa qu'il passerait dans une heure. Fine paya la communication et rejoignit Marcelline qui ne semblait pas trop affolée de l'attente. Fine prépara la bassine, le broc d'eau et les serviettes de toilette pour les besoins du docteur.

Un peu plus d'une heure plus tard, une automobile entra dans la cour. C'était le docteur Puissand avec sa nouvelle Citroën C4 Torpédo, recouverte d'une capote en toile. Le docteur venait d'avoir son permis pour conduire et il avait abandonné sa motocyclette.

Dès qu'il arriva dans la chambre, il prit soin d'examiner attentivement Marcelline. Effectivement, le docteur constata que l'accouchement était proche :

– Le col commence à se dilater, mais il faut attendre encore un peu ; restez allongée surtout. Je vais faire deux autres visites et je reviens vous voir. Avec ma nouvelle voiture, je n'ai plus de problème pour me déplacer. Je serai de retour rapidement.

Le médecin repartit. Fine resta près de Marcelline. La petite Juliette jouait au pied du lit avec sa poupée de chiffon qu'elle berçait tendrement. Marcelline était inquiète :

– Avec tout ça, qui va m'traire mes vaques au soir ? Elles ne vont pas attendre les pauvres si je ne peux pas y aller…

– N'te fais donc point d'mauvais sang ma cadette, j'vas m'en occuper d'tes deux vaques. J'ai déjà trait tu sais et j'sais cor.

– Ah tu es trop bonne Fine. Vraiment que le seigneur te bénisse pour tout ce que tu fais pour moi.

– Tu sais ma Marcelline, j'ai aussi mes peines et l'Bon Dieu m'oublie un peu parfois !

– Fine, si tu veux, tu peux rester manger avec mi à m'maison ; j'ai tout c'qui faut au garde-manger.

– C'n'est pas de refus Marcelline, ça m'fera de la compagnie à qui parler. Etre toujours seule c'est parfois dur tu sais, surtout le soir !

L'attente était assez pénible pour Marcelline ; elle était de bonne constitution mais les contractions se rapprochaient et devenaient de plus en plus douloureuses. Elles entendirent la Citroën du docteur arriver dans la cour. Le médecin se hâta, entra sans frapper et arriva subitement dans la chambre.

– Alors, comment allez-vous ? Les contractions se sont rapprochées ? Montrez-moi que je vois où ça en est ! Oui, effectivement, le col est presque effacé ; je vais percer la poche des eaux et je suis sûr que tout va bien s'enchaîner.

Le médecin fit le nécessaire et le processus s'accéléra presque immédiatement.

– Nous y sommes madame Ledoux, je vais défaire ma veste. Vous allez vous mettre dans la position que je vais vous indiquer et dès que je vous le dirai, vous pousserez très fort. Respirez bien à fond en attendant.

Puis, le médecin versa un peu d'eau du broc dans la bassine et se lava les mains avec le gros morceau de savon de Marseille que Fine avait récupéré dans la cuisine.

– Je suis à vous madame Ledoux, on y va ? Détendez-vous, accrochez vos mains aux barreaux du lit au-dessus, cela vous donnera de la force pour pousser. Vous êtes prête ? Allez-y poussez maintenant ! Ça y est, allez faut encore pousser ! La tête se présente ! Allez ! Poussez, poussez ! Tout va bien, la tête est sortie ! Attendez, encore un peu, je lui dégage les épaules. Voilà, ça y est le bébé est là ! C'est très bien, le deuxième ça va toujours mieux. Elle est belle comme tout et bien criarde avec ça, c'est une belle petite fille. Comment allez-vous l'appeler ?

– Je ne sais pas, j'n'ai pas réfléchi, je pensais que ce serait un garchon, j'n'ai point d'nom de fille a'ch't'heure.

– Et Hélène, c'est le nom de ma fille ?

– Oh bin oui, Hélène c'est un bieu prénom. Ce sera Hélène, j'aime bien et j'suis sûre que ça plaira à mon Fernand, j'va lui faire une lettre dès d'main.

Bien que ce soit encore une fille, Marcelline était bien contente. Sa petite Hélène était en bonne santé, ce qui était le principal. Le docteur attendit le placenta ; il était satisfait du déroulement de son intervention et apporta les soins d'usage au bébé. Il rassembla ses affaires, se lava les mains à nouveau avec le savon de Marseille et Fine sortit la boîte en fer du buffet de la cuisine pour régler la prestation du médecin :

– Je repasserai dans huit jours pour voir si tout va bien !

La petite Hélène récupéra les couches et les brassières de sa grande sœur mais également le landau qui avait été préparé.

Fine alla traire les deux vaches, elle dégagea le fumier sous leurs sabots, remit un peu de paille puis balança dans l'auge deux bonnes fourchées de luzerne. Ensuite, elle se rendit à l'écurie pour s'occuper de Brunette et Grisou. Elle leur versa une demi-ration d'avoine écrasée et mit deux belles fourchées de foin dans les râteliers. Après quoi, elle donna à manger à Marquis qui patientait dans sa niche. Une fois rentrée, Fine prépara le dîner et resta avec Marcelline qu'elle servit au lit. Hélène, elle, sut trouver l'endroit de sa première tétée.

Huit jours plus tard, le médecin repassa examiner Marcelline et le bébé ; tout allait pour le mieux, il était satisfait de leur bon état de santé.

L'hiver 1939/1940 fut particulièrement froid, contrastant avec un automne relativement doux. Marcelline était très inquiète, elle apprit par son poste de T.S.F que des cartes allaient être mises en place avec un rationnement alimentaire. Fine qui ne manquait pas de venir la voir tous les jours lui demanda :

– T'es au courant Fine ? Y vont nous donner des cartes pour manger. Ça n'sent pas bon tout ça Fine. Pour nous, on pourra toujours se débrouiller avec nos volailles et nos légumes ; j'ai bien envie de faire un cochon que j'engraisserai avec mes patates et que je conserverai bien salé dans les grosses jarres que le père Adam nous a laissées. J't'en donnerai Fine, t'as tellement fait pour nous !

– C'est une fin bonne idée Marcelline, mais j'me demande comment y vont y faire chés gins des villes.

– Ce sera du marché noir et y vont venir nous trouver pour qu'on leur vende ce qui leur manquera.

A la messe, l'abbé prêchait pour la solidarité et l'entraide dans les moments difficiles : “Dieu n'a-t-il pas partagé le pain avec ses apôtres ? Nous devons suivre son exemple”, disait le saint homme. Mais le partage, même dans le petit village d'Onvillers n'était pas vraiment dans les habitudes sans une compensation. Avec les évènements de la guerre, on commençait à s'inquiéter au village et les bonnes paroles du père curé ne restèrent pas sans effets, surtout lorsqu'on apprit ce 21 mai 1940 que les villes d'Arras et d'Amiens étaient aux mains des allemands. Ceux-ci étaient à quelques kilomètres. Déjà, certains s'organisaient pour transformer leur cave en abri pour se protéger d'éventuelles attaques. La solidarité n'était pas restée vaine devant la crainte d'être envahis ou bombardés comme en 1916. Peu de femmes et d'enfants prirent le chemin de l'exode. Monsieur l'instituteur continua à faire classe, il expliqua à ses élèves les raisons de cette guerre et les rassura en précisant qu'elle ne viendrait pas jusqu'à Onvillers.

*

* *

Marcelline n'avait plus de nouvelles de Fernand depuis plusieurs mois. Elle se posait mille questions :

– J'espère qu'il ne lui est rien arrivé. S'il avait été blessé, j'aurai été avisée par la Croix Rouge quand même ! Et puis, avec l'armistice que monsieur Pétain a signé, les soldats vont rentrer chez eux, ils l'ont dit au poste l'autre jour !

Marcelline désespérait de voir cette guerre qui n'en finissait pas. Malgré tout, elle menait très bien les travaux de la ferme. Ses vaches donnaient suffisamment de lait pour son petit commerce. Son beurre était délicieux, ses cœurs d'Onvillers avaient à peine le temps de s'affiner à souhait que les commandes attendaient la livraison. Ses deux petites filles étaient adorables. Juliette abandonnait sa poupée de chiffon ; les deux mains et le menton sur le rebord du landau, elle échangeait déjà des sourires avec sa petite sœur. Fine venait tous les jours voir Marcelline et n'était pas avare d'un bon coup main. Elle s'occupait surtout des fillettes lorsque Marcelline s'absentait pour les travaux des champs. Elle ramassait également les œufs tous les jours, veillait aux besoins de la basse-cour et participait au moulage des fromages. Fine avait cinquante-six ans et Marcelline n'en avait pas encore trente. La différence d'âge n'était pas un obstacle à leur bonne entente. Fine avait bien vécu sa jeunesse et en gardait des souvenirs encore bien présents. Elle avait trente-cinq ans quand son mari décéda d'une mauvaise toux ; gazé pendant les quatre années de son service durant la grande guerre, il succomba quelques années après son retour de la tuberculose. Fine avait respecté le temps du deuil de celui qu'elle avait tant aimé, elle ne voulut pas sombrer pour autant avec la peine qu'elle avait su contenir, mais elle était restée veuve.

Belle femme, Fine aurait pu refaire sa vie. Elle avait toujours le sourire et n'était pas exempte d'une plaisanterie. Sa bonne humeur et le regard qu'elle avait sur la vie détournaient Marcelline de ses inquiétudes. Fine était très discrète et ne participait pas aux ragots du village. Elle allait à la messe pratiquement tous les dimanches. Dès la sortie elle ne se mêlait pas aux autres femmes ; elle les saluait, se dirigeait vers le petit cimetière pour une prière sur la tombe de son défunt mari et s'en retournait à sa petite maison. Fine était très bien considérée et personne n'aurait osé dire une mauvaise parole sur elle.

Pourtant un après-midi, Marcelline se retrouva perturbée. Pendant que les deux petites faisaient la sieste, elle décida d'aller travailler une heure dans son potager. Les poireaux et les carottes étaient bien avancés et il fallait dédoubler les plans. Ce début de printemps y était propice. Soudain, Marcelline eut une petite envie pressante. Se trouvant seule dans son potager et ne voulant pas perdre de temps en retournant à la maison, elle décida d'aller derrière les groseilliers pour se soulager. Lorsqu'elle fut accroupie, personne ne pouvait l'apercevoir. C'est alors que, le regard dirigé vers le potager de Fine qui était attenant au sien, elle aperçut monsieur Duchaussoy, l'agriculteur voisin, franchir le petit muret qui les séparait et se diriger vers la buanderie de celle à qui on ne portait aucune mauvaise intention. Dès que monsieur Duchaussoy arriva à la porte, celle-ci s'ouvrit d'elle-même, sûrement aidée par une main consentante. Marcelline resta accroupie, stupéfiée à en oublier de remonter sa culotte avec discrétion. Marcelline guetta le cheminement inverse. Après une longue attente, trois heures sonnèrent au clocher de Rollot ; il lui fallait rejoindre ses filles qui attendaient sagement dans leur lit.

Marcelline était effrayée par cette intrusion ; il n'était pas possible que Fine… et monsieur Duchaussoy, ce saint homme qui n'avait jamais eu une parole déplacée, conseiller municipal et même adjoint au maire, toujours prêt à rendre service, puisse avoir une liaison avec Fine. Certes, son mari était décédé depuis fort longtemps, mais elle n'avait jamais failli à sa bonne réputation et la tombe, dans le petit cimetière derrière l'église, était toujours fleurie. Fine était discrète. Marcelline découvrait que sa voisine, pour laquelle elle avait une considération immuable, maintenait une relation qui lui permettait de rester une jolie femme, avec un enthousiasme qui surprenait. Fine vivait de petits travaux saisonniers et de la pension de son défunt mari qui avait été reconnu victime des conséquences de la grande guerre.

Marcelline ne pouvait rester muette devant Fine, avec le doute qui lui pesait. Alors, le soir, après bien des hésitations :

– Dis-moi Séraphine, t'es pour moi une femme remarquable et j'ai quelque chose sur le cœur qui m'impêchro d'dormir !

– Mais pourquoi m'appelles-tu Séraphine aujourd'hui ? Que se passe-t-il Marcelline, tu as reçu des mauvaises nouvelles de Fernand ? Tu sais tu peux te confier à moi, je suis là pour t'aider !

– Non Fine, je n'ai toujours pas de nouvelles mais, ce que j'ai à te demander n'a rien à voir avec Fernand.

– Eh bien alors dis-moi, ne sois pas gênée. Nous nous connaissons bien toutes les deux.

– Fine, hier après-midi, j'ai vu monsieur Duchaussoy franchir le muret de ton potager et rentrer à ta buanderie. Je pensais qu'il serait sorti rapidement mais…

– Marcelline ! Jure-moi que tu ne diras rien à personne surtout, je vais tout te raconter !

– T'inquiète donc pas, je vas rien dire tu sais, j'sais t'nir min langue.

– Eh bien voilà, mais jure-moi que tu garderas le secret.

– Mais t'inquiète donc pas, j'aime point jurer.

– En effet, monsieur Duchaussoy me rend visite régulièrement, ça fait huit ans qu'ça dure. Tu sais, rester seule c'est point drôle ! On s'aime bien tous les deux. Pour li ch'femme, y a bin longtemps qu'elle n'veut pu d'li dans sin lit. Alors avec mi, on s'entend bien, c'est comme des jeunes tu sais.

– Tu sais Fine, j'te comprends très bien si c'est d'el bonheur pour vous deux. Si personne ne l'sait, vous faites du mal à personne et vous, vous êtes fin heureux. Je n'dis pas qu'il vous donne complètement raison mais j'suis sûr que ch'Bon Dieu y vous pardonne.

– Tu sais Marcelline, je n'en ai jamais parlé à confesse, parce que j'trouve que l'père curé quand j'suis à genoux derrière sa grille de bois, il est bin trop curieux !

– Tu as raison, il faut que personne ne l'sache, l'Bon Dieu y vous voit bien et c'est li qui pardonne. N'en parlons plus Fine, nous n'avons pas le même âge, tu pourrais être m'mère mais j't'aime trop comme m'in grande sœur.

Marcelline la quitta avec un sourire qui en disait long mais surtout qui rassura Fine. Elles s'embrassèrent, ce qui n'était pas dans leurs habitudes. Cette confession resserra leurs sentiments l'une pour l'autre et Marcelline pensa qu'avec ce secret, elle pourrait toujours compter sur Fine en cas de besoin.

Malgré l'occupation d'Amiens par les allemands, le petit village n'avait pas encore eu leur visite. Onvillers, situé à une trentaine de kilomètres, semblait épargné avec ce soleil de printemps favorable pour les cultures. Les plaines étaient radieuses avec les blés qui avaient déjà des épis bien formés, qui commençaient à prendre cette belle couleur qui apportait la satisfaction d'un labeur et de la bonne récolte espérée.

Un dimanche après-midi, Marcelline profita d'une belle journée de ce début de mois de juillet pour faire la tournée de ses cultures. Empruntant les chemins de terre, elle avait placé ses deux petites filles sur la vieille brouette en bois. La petite Hélène, calée dans un cagot avec une couverture, avait ses petits bras à l'air qui s'agitaient comme pour appeler Juliette, qui elle, était assise devant, les jambes pendantes, tenant de part et d'autre les ridelles de bois. Marcelline était heureuse, regardant d'un côté les alignements de son champ de betteraves et de l'autre, le frissonnement provoqué par un vent léger sur les clochettes de son champ d'avoine. Elle cherchait à transmettre à ses filles le bonheur qu'elle ressentait à la vue de ses cultures et surtout, à l'idée qu'un jour leur papa reviendrait et qu'il les serrerait toutes les trois dans ses bras et les embrasserait de joie.

Marcelline s'arrêta, s'assit en prenant la place de Juliette sur le rebord de la brouette ; elle déboutonna sa blouse et entrouvrit son corsage. Elle prit Hélène dans les bras et passa son sein par-dessus sa combinaison et son soutien-gorge ; elle ne manquait pas la tétée dès que le clocher de Rollot sonnait les quatre coups. Juliette, accolée aux genoux de sa maman, était envieuse de l'avidité de sa petite sœur.

Marcelline n'avait pas terminé d'accomplir sa tâche de mère nourricière, qu'elle entendit au loin, Stéphane, le vacher de la ferme des Laribeaudière les appeler, en actionnant la sonnette de sa bicyclette ; il semblait affolé. Lorsqu'il arriva, il freina brusquement dans un nuage de poussière :

– Que se passe-t-il Stéphane ? T'en fait du bruit, y a pas l'feu à m'maison quand même ?

– Ne… ne… non… non pas… pas du… du tout, il… il…

– N't'énerve donc pas min Stéphane, va doucement min tchiot !

Stéphane était un jeune homme de vingt-huit ans. L'armée n'en avait pas voulu parce qu'en plus d'être bègue et un peu simplet, il manifestait une légère claudication due à une jambe plus courte que l'autre.

– Alors, dis-moi donc min Stéphane, que s'passe-t-il donc ?

– Il… il… y… a… les… les… les boches à… à… On… Onvillers !

– Quoi ? Qu'ec-tu dis ? Les allemands à Onvillers ?

– Ou… Oui… i… il… il faut qu'tu viennes.

– J'arrive tout d'suite min Stéphane, j'te remercie de m'avoir prévenu ! Allez les filles, faut point perdre d'temps ça sent point bon du tout ! Chés z'allemand à Onvillers à ch't'heure !

Marcelline décrocha son sein de la bouche d'Hélène. Elle l'enfouit dans sa combinaison, laissant la petite sur sa faim. Elle replaça ses deux filles sur la brouette et elle s'empressa à grands pas de rejoindre sa ferme. Elle déboucha par le chemin du Faÿ dans la rue principale ; effectivement un camion et un side-car étaient stationnés devant le café Rabache. Apparemment, ils parlaient très fort au comptoir avec madame Rabache. Celle-ci avait dressé un alignement de petits verres et Marcelline, passant devant la porte, entendit le claquement du débouchage d'une probable bouteille de bon vin.

Arrivée à la ferme, elle s'empressa d'aller coucher Hélène et Juliette, comme pour les préserver d'un entretien houleux avec ces envahisseurs. Marcelline attendait, faisant des allers et retours dans sa cuisine, guettant par la fenêtre leur sortie du café.

Marcelline aperçut Victor passer à vélo ; monsieur le Maire se rendait à la mairie, s'apprêtant à recevoir les allemands, à entendre leurs désidératas et à concéder de bonnes relations avec eux pour protéger ses concitoyens. Marcelline, cachée derrière ses rideaux, vit les soldats allemands sortir du café. Il y avait probablement un officier, coiffé d'une large casquette et une dizaine de soldats casqués avec bottes de cuir, et fusils à l'épaule. Ils ne remontèrent pas dans leur camion. L'officier donna des directives en allemand : les soldats claquèrent subitement des talons et poussèrent un cri d'ensemble : "Aye…", ils prirent un pas cadencé au milieu de la chaussée. Puis, passant devant le porche de la ferme de Marcelline, quatre soldats se détachèrent et entrèrent dans la cour. Marquis, enchaîné à sa niche, aboya furieusement. Marcelline apeurée, sortit sur le pas de sa porte. Le militaire, probablement un officier, claquant des bottes avec un hochement de tête et sa casquette sous le bras demanda :

– Bonjour mademoiselle, nous passons pour savoir s'il n'y a pas des messieurs qui se cachent chez vous pour ne pas aller au service du travail obligatoire. Est-ce-que vous avez un fiancé qui se cache ou bien un autre monsieur ? Nous devons l'arrêter pour l'emmener au travail de notre patrie ?

– Non, il n'y a point d'homme ici ; je suis seule avec mes deux petites filles, mon mari est parti au front, il est à Sélestat, en Alsace.

– Madame, excusez-moi mais il n'y a plus de front ; les français vont devoir se rendre et votre mari devra servir l'Allemagne. Si je comprends bien, jolie petite madame, vous êtes donc seule dans cette grande ferme. Nous ne pouvons pas vous laisser seule, nous viendrons vous revoir pour vous tenir compagnie mon camarade Hoorse et moi-même. Je suis sûr que vous apprécierez notre compagnie, surtout si vous avez en plus une petite bouteille de schnaps pour beaucoup plaisirs…

– Mais je n'ai pas ce que vous dites, moi j'n'ai que de la frênette ou du lait de mes vaches.

– Vous avez de l'humour jolie madame ! Nous viendrons voir ce que vous nous cachez jolie madame ! Au-revoir et à bientôt jolie petite madame !

Les soldats tournèrent le dos à Marcelline avec des rires moqueurs. Ils repartirent et continuèrent leurs recherches, en passant de maison en maison.

L'officier se présenta à la mairie où Victor l'attendait. Dès qu'il entra dans la petite salle, il fit le geste de salut en claquant des talons.

– Bonjour monsieur le Maire, nous nous permettons d'effectuer une inspection de votre joli village pour nous assurer qu'il n'y a pas de déserteurs pour servir notre patrie. Monsieur le Maire vous devez me signaler les personnes qui ne feraient pas leur devoir et si vous dissimulez quelqu'un, c'est vous monsieur le Maire qui serez convoqué à la kommandantur et inculpé de trahison. Vous comprenez, nous ne vous voulons pas de mal mais nous demandons à tous les français de coopérer et de respecter nos exigences. Nous reviendrons vous voir monsieur le Maire parce que vous devez nous accueillir et nous servir avec le respect. Je vous salue monsieur le Maire.

Et l'officier se retira après avoir fait le salut, bras droit levé et claquement de talons. Victor était impressionné par l'officier allemand et n'était pas rassuré par ses propos. Si jamais quelqu'un se cachait à son insu, c'est lui qui deviendrait le responsable, avec les conséquences qui risqueraient d'être fatales pour lui. Tous les soldats remontèrent dans leur camion sur le coup de 18 heures. L'officier dans le side-car enfonça sa large casquette sur sa tête et prit la précaution d'ajuster ses grosses lunettes de motocycliste. Après leur départ, le village se retrouva dans le silence. Plus personne n'osait sortir de sa maison, les habitants venaient de prendre conscience que même Onvillers ne serait pas épargné par cet envahisseur et que la guerre était aussi à leur porte.

Marcelline ne vivait plus depuis la visite de ces soldats. Elle avait peur qu'ils ne reviennent pour réquisitionner, comme en 1914, un cheval et sûrement le meilleur. Comment ferait-elle après pour ses travaux des champs ? Elle s'empressa de rendre visite à Fine, sa bonne amie, pour lui demander conseil.

– Ecoute Marcelline, je ne pense pas qu'ils te réquisitionneront un cheval ; nous ne sommes plus en 1914, l'armée est motorisée aujourd'hui. Ce que tu peux craindre, c'est qu'ils te demandent du beurre ou du fromage et même qu'ils te demandent que tu... Pour mi, a ch't'heure, je ne crains plus...

– Tu veux dire quoi Fine que... ?

– Bah, tu sais c'est des hommes ! Une belle femme comme toi, ça peut leur faire monter des envies... tu vois ce que je veux dire ?

– Pas très bien Fine, dis-moi donc ? Y vont quand même pas vouloir m'sauter dessus ?

– Je te dis ça Marcelline pour te mettre en garde et surtout il faut faire attention à ne pas les vexer parce qu'on ne sait jamais.

La venue de ces envahisseurs, dans le petit village d'Onvillers, inquiétait Marcelline, comme tous les habitants. Chacun se barricadait ou camouflait ce qui pourrait leur faire profit. Victor, le maire, s'était assuré qu'il n'y ait personne de dissimulé dans sa commune. Il connaissait bien son village et ses habitants ; il lui était facile de faire le tour de ses cent cinquante concitoyens. Marcelline, elle, avec l'engagement que les allemands lui avaient tenu, s'attendait à leur visite un jour ou l'autre. Elle était déterminée à défendre sa ferme qui, pour elle, comptait autant que ses deux filles. Elle était allée chercher le vieux fusil de Fernand au grenier enfoui dans la maie remplie de vieilleries. Elle prit soin de nettoyer le vieux Saint-Etienne en le démontant avec précaution, graissant au suif le mécanisme qui avait peu servi. Elle retrouva quelques cartouches de chevrotine dans leur boîte. Fernand avait gardé cet arsenal de chasse qu'il s'était acheté après avoir grimpé à un arbre lorsqu'il fut poursuivi par une grosse laie, qui lui donna la frousse à vingt ans. Marcelline informa Fine de ce qu'elle avait caché sous son lit :

– Tu sais Marcelline, il ne vaut mieux pas que tu les agresses avec ton fusil ; ils sont plus forts et s'ils savaient que tu possèdes cette arme, ils t'emmèneraient à la kommandantur et tu risquerais de ne plus revoir tes filles.

– Ecoute Fines, j'va quand même pas me laisser prendre mes chevaux ou mes vaches ?

– Marcelline, fais plutôt preuve de gentillesse, ils seront beaucoup plus bienveillants avec toi !

– T'as sûrement raison Fine, j'peux leur donner un verre d'frênette ou bien un litre de lait, du beurre et même quelques-uns de mes petit cœurs. J'ferai tout pour sauver ma ferme tu sais !

– Sans aller trop loin quand même Marcelline ! C'est des hommes…

– J'ai fait la promesse à mon Fernand qu'il retrouvera sa ferme intacte avec mi et mes deux tchiotes. Alors j'ferais tout pour li.

Les jours passèrent. Marcelline et Fine devenaient inséparables et menaient les activités de la ferme sans faillir. Elles engraissaient dans un local bien fermé, un cochon qui ne tarderait pas à passer dans les jarres qui attendaient dans la buanderie. Marcelline s'était habituée aux escapades de Fine de l'après-midi, prétextant qu'une lessiveuse de linge bouillait sur sa cuisinière. A vrai dire, pourtant seule, Fine faisait deux lessives par semaine et veillait à la ponctualité qu'obligeait sa lessiveuse toujours bouillonnante…

Marcelline fermait les yeux et trouvait que sa voisine et amie maintenait avec son âge une énergie surprenante pour faire ses deux lessives par semaine…

Juillet 1940 annonçait la moisson. Les épis de blé étaient bien formés et se recourbaient sous leur poids, ce qui indiquait le bon moment pour sortir la faucheuse-lieuse. Fernand ne serait pas présent et Marcelline n'avait pas de nouvelles. Elle avait pris ses dispositions pour se faire assister dans la tâche qui précédait le battage et qui était le moment principal de l'année dans la vie d'une ferme. Fine s'occupait des deux filles et Marcelline demanda à Stéphane, le vacher de la ferme voisine, de venir l'aider pour mettre les bottes en tas. Elle remit en marche la vieille faucheuse-lieuse, gardant encore en mémoire la présence et les gestes de Fernand et, même le dimanche, puisque le temps le permettait, elle attela ses deux chevaux, traversa le village, troublant le repos dominical par le vacarme des roues métalliques de sa machine sur la chaussée. « Quel courage cette Marcelline elle en a du mérite ch'te femme » se disaient ceux qui n'hésitaient pas à tirer discrètement leur rideau pour la regarder passer.

Avant de s'attaquer à la pièce de blé, elle avait pris soin de museler ses deux chevaux d'un sac de jute pour ne pas qu'ils mangent des épis au passage. Elle prit place sur le large siège de tôle et d'un léger claquement des rênes elle ébranla la grosse machine. La grande roue de bois se mit à tourner rabattant les épis sur la faucheuse. Elle surveillait attentivement la coupe pour éviter un bourrage possible et avait l'œil sur les ligatures des bottes qui ensuite roulaient sur le tapis de toile, avant de tomber au sol. Stéphane, à l'arrière, balbutiait des propos difficiles à reconstituer pour en connaître la teneur. Il semblait heureux de ce qui le sortait de son étable et aussi d'être aux côtés de Marcelline. Elle représentait pour lui la très jolie femme qu'il aurait aimé épouser, ignorant son handicap et ressentant ce qui perturbe tout homme normalement constitué.

Il courait derrière la moissonneuse, saisissant les bottes à pleines mains, comme s'il imaginait saisir Marcelline dont il avait, à chaque prise, le regard sur le fessier débordant de son siège, qui le devançait.

– Ça va ti mon Stéphane, t'as l'air de prendre du plaisir à ramasser toutes chés bottes à terre. C'est bien j'suis contente de ti.

– Vous… vous… al… allez… trop vi… te, on pou… pourrait faire une pause pour… pour… boire… un tchiot coup d'frênette.

– Oui m'in garchon, on fera un'pause pour les chevaux au bout de ch'camp.

– Ah… Tu… tu… es… bin bonne Mar… Marcelline, j'… t'aime bin tu… tu… sais !

– Ah mon Stéphane t'es bin gentil ti aussi, tu sais ! mais n'oublie donc pas que je suis mariée avec mon Fernand avec deux tchiotes.

– Oui, bi… bien… sûr… mais… mais ça n'empêche pas !

– Allez Stéphane faut qu'on finisse, y se fait déjà tard à ch't'heure. N'oublie pas que tu dois rentrer à six heures pour traire tes vaches !

– Ou… oui… de… de… demain, tu me laisseras te faire un baiser ?

– On verra l'temps qui fera demain !

Marcelline était très gênée par les demandes de Stéphane. Il aurait pu être beau garçon mais avec son handicap, les filles lui tournaient le dos. Pourtant, il était très courageux, ne buvait pas, ne fumait pas et bien qu'il couchait dans un coin de l'étable avec ses vaches, il restait propre et ne sentait pas trop le lait frais. Sa patronne, madame Laribeaudière, lui donnait un bleu de travail propre tous les samedis soir, après qu'il se soit lavé dans le grand bac derrière l'étable et rasé de près, avec son coupe-chou.

Stéphane allait à la messe tous les dimanches. Il restait toujours dans un coin au fond de l'église, près des fonds baptismaux. Il connaissait ses prières et aucune réponse en latin ne lui manquait. Seulement, il n'allait jamais communier, le saint lieu de la petite église le bloquait dans sa timidité. Lorsqu'il apercevait Marcelline dans l'allée centrale, il baissait la tête, masquant ses pensées qui offenseraient le seigneur glorifié.

Marcelline devait le tempérer dans ses intentions mais elle songeait qu'il lui apportait une aide précieuse et qu'il ne lui coûtait qu'une simple pièce symbolique. Stéphane n'avait pas de besoin d'argent. A la ferme de madame Laribeaudière, il était logé, nourri, blanchi. Stéphane était une opportunité pour Marcelline par l'assistance qu'il lui offrait, aussi se devait-elle de le ménager, pour subvenir aux besoins de sa petite ferme. Le rejeter ne serait pas forcément la bonne solution : il partirait surtout vexé et honteux et resterait enfermé dans son étable avec ses vaches. Le peu qu'il lui demandait n'était pas si outrageant, il ressentirait un grand plaisir et serait sûrement encore plus vaillant pour aider Marcelline. Et puis les gens d'Onvillers connaissaient bien Stéphane et son côté un peu bébête, personne ne penserait à mal avec lui. Marcelline chercha le compromis qui le maintiendrait à la ferme.

Stéphane s'empressait d'achever son travail quotidien avec les vaches de madame Laribeaudière et dès dix heures, il traversait la rue, se déhanchant à cause de sa jambe plus courte, pour rejoindre la ferme de Marcelline. Madame Laribeaudière ne lui reprochait pas l'aide qu'il apportait à sa voisine qui, depuis l'absence de son mari parti à la guerre, devait assumer seule la continuité de son exploitation avec ses deux enfants en bas âge.

*

* *

Décidément, Stéphane devait y trouver son compte pour ne pas manquer une seule journée chez Marcelline. Même le dimanche après la messe, on pouvait le trouver dans la cour de la ferme, une fourche à la main, avec toujours du foin à mettre dans les râteliers de Brunette et de Grisou ou avec une brouette de fumier à déverser sur le tas, au milieu de la cour.

Marcelline ne se plaignait pas. Le compromis qu'elle avait dû mettre en place ne semblait pas la contrarier. Les jours passaient ; les travaux des champs n'avaient aucun retard et ses deux petites filles étaient en bonne compagnie avec "grand'mère" Fine.

Marcelline n'avait plus de nouvelles de Fernand. Six mois étaient passés sans la moindre lettre, sans le moindre signe de vie. Ses prières allaient chaque jour à son Fernand et le seigneur, qui était à son écoute, lui apportait la certitude qu'il était bien vivant, mais où ?…

Pour le 14 juillet 1940, personne n'avait osé pavoiser le drapeau de la France sur la façade des maisons : les allemands n'auraient sûrement pas apprécié. Le Maréchal Pétain avait donné tous les pouvoirs à l'Allemagne. Ce jour, personne ne travailla, cherchant à glorifier discrètement ce jour où chacun gardait dans son cœur la France.

Marcelline venait de coucher ses deux petites filles pour une sieste bénéfique à leur croissance. Elle était assise, tricotant dans le fauteuil paillé, juste devant la porte grande ouverte donnant sur sa cour. Le soleil pénétrait jusqu'à elle et offrait la luminosité d'une belle journée. Quand tout à coup, une forte pétarade la fit sursauter et fit s'envoler les pigeons qui picoraient les graines restantes sur le pavé. Un side-car entra en trombe dans la cour de la ferme dans un nuage de poussière, sans aucune attention : les poules et les canards, affolés, s'envolèrent de part et d'autre. Il termina sa trajectoire la roue avant dans le tas de fumier. Marquis sortit de sa niche en furie, tirait sur sa chaîne à la rompre, en aboyant sur les trouble-fête. Deux allemands descendirent du side-car qu'ils laissèrent planté là, enjambant de leurs bottes luisantes le lisier stagnant d'un dénivellement de la cour. Marcelline reconnut l'officier et sa belle casquette qui lui avait fait la promesse de revenir. Elle ne perdit pas son sang-froid et prit les devants de la discussion.

– Bin dites-donc n'en v'là des façons d'intrer chez chés gins. Vous n'pouvez pas point faire attention ? Vous avez vu c'que vous avez fait à mes poules ? Regardez-y, in n'a deux qui ne s'in relèveront pas. Vous les avez broyées, au prix où qu'ça coûte, vous exagérez et si mi je rintro chez vous de chet'façon, quoique c'est ti qu'vous diriez ? Hein !…

– Chère madame, nous vous prions d'accepter nos excuses, Hoorse n'a pas su freiner à temps. Encore une fois nous nous excusons et nous vous dédommagerons en vous achetant les poules que Hoorse n'a pu éviter. Je vous ferais remarquer qu'elles étaient sur son passage, ce qui n'est pas complètement de sa faute.

– Mais pourquoi qu'c'est ti qu'vous êtes venus ?

– Chère madame, lors de notre précédente visite, vous nous avez fait part que vous étiez seule dans cette grande ferme et nous avons pensé, Hoorse et moi-même, qu'une petite visite de courtoisie pouvait agrémenter votre solitude. Nous savons, chère jolie madame, réconforter les personnes qui comme vous, ont leurs maris qui les ont quittés pour servir notre patrie. Aussi, nous nous devons d'apporter un soutien moral et aussi corporel aux personnes comme vous jolie-belle madame. J'espère que vous comprenez le sens de notre visite qui n'est nullement de vous faire du mal !

– Je ne vois pas très bien c'que vous voulez dire, mi c'que j'sais c'est qu'jai que de la frênette à vous offrir ou bien un peu de lait de mes vaches et c'est bien tout.

– Je pense jolie madame que nous nous sommes mal compris ? Si vous voulez de nous les meilleurs égards qui vous apporteront notre protection personnelle et également pour votre joli village, il faut que vous soyez réceptive à notre visite.

– Quoique c'est ti qu'vous voulez dire à ch't'heure, Je ne pense pas que ce soient les bonnes manières venant d'un commandant. J'vois très bien où qu'c'est ti qu'vous voulez en venir ! Mais mi, j'aime trop mon Fernand pour faire des choses pareilles. Faudra d'abord passer sur m'maison avec vos chars à chenilles pour me passer d'ssus. Je n'suis point d'ces femmes couche-toi là mi, maintenant vous pouvez retourner à votre engin j'n'ai pas besoin d'votre argent pour m'payer les deux poules que vous m'avez écrasées.

Les deux hommes étaient confus. Ils n'avaient pas réussi à lui faire peur, ce qui aurait facilité leur démarche intentionnelle. Ils se regardèrent et le fameux Hoorse se mit à parler en allemand d'un ton qui ne semblait pas très approbateur des intentions de leur déplacement.

– *Wir sollten befehlend gehen !*

– *Hoorse hörenSie auf, wenn er Sie plait*[9].

L'homme à la grande casquette fixa Marcelline et lui dit :

– Chère jolie madame je pense que vous n'avez pas bien compris notre visite et l'assistance que nous pourrions vous apporter par nos bonnes relations. J'espère que la guerre vous amènera à la raison. Nous vous saluons chère jolie madame !

Et les deux "détrousseurs" en reconnaissance d'un éventuel champ de tir, regagnèrent leur side-car qu'ils firent pétarader de plus belle, s'en retournant dans un même nuage de poussière. Le silence revenu, Marcelline entendit ses deux petites filles l'appeler de la chambre voisine. Elle les prit toutes les deux dans les bras, les serrant très fort contre elle. Une larme coula sur sa joue à la pensée de ce à quoi elle avait échappé. La petite Juliette lui demanda :

– C'est qui maman, avec qui tu parlais si fort ?

– Rien ma chérie, des vilains messieurs qui voulaient que je fasse du mal à vot'père !

Marcelline servait une petite collation à ses filles quand Fine entra. Elle avait entendu le bruit de la motocyclette et avait fait le rapprochement avec la visite promise.

---

[9]– Nous devrions partir commandant !

– Hoorse cessez, s'il vous plait.

– Comment vas-tu Marcelline ? Alors dis-moi c'étaient eux, qu'est-ce qu'ils t'ont dit ? Ils ne t'ont rien fait…

– Non ! Rien… Mais tu sais, tu avais raison ils étaient venus pour ça !

– Mais alors ils ne t'ont pas menacée quand même ?

– Si, mais je leur ai dit qu'il fallait d'abord qu'ils passent sur m'maison avec leur chars à chenilles pour passer sur mi.

– Mais alors ? Ils ont dû être furieux ?

– C'est possible mais mi c'est mon Fernand qu'j'aimc ct jc ne peux point faire ces saloperies là. Tu comprends Fine, mon Fernand j'suis sûre qu'un jour y reviendra.

V

Les allemands n'étaient pas revenus au village. La vie se poursuivait au mieux, malgré l'absence d'un grand nombre d'hommes dans la force de l'âge pour les travaux des champs, auprès d'une mère, d'une épouse et des enfants. Ils étaient partis rejoindre le front, mais personne n'avait de nouvelles d'eux : sûrement prisonniers, on ignorait s'ils étaient encore en France.

La radio de Londres donnait des charades à déchiffrer pour les résistants du genre : « le loup est dans la bergerie… » ! Ou bien « les hirondelles seront de retour avant le printemps… ». Toutes ces phrases avaient un sens pour certains. Marcelline avait appris que des convois de personnes déportées partaient de la gare de Compiègne pour l'Allemagne. "Mon Fernand où est-il ?" se disait-elle. Elle ne reçut plus de lettre depuis la dernière qui fut postée de Sélestat. Lorsqu'un soldat était blessé ou même pire, la famille était prévenue par la Croix Rouge ou la gendarmerie. Pour Marcelline, il ne pouvait être que prisonnier, à coup sûr en Allemagne et ne pouvait lui écrire. Elle n'avait jamais perdu espoir de le voir revenir à la ferme, avec la fierté de lui dire : « Tiens ! Elle est comme quand tu es parti ! Les terres ont été bien cultivées et ont donné de bonnes récoltes ; j'ai bien vendu mon lait, mon beurre et mes p'tits cœurs d'Onvillers. Regarde tes deux filles comme elles sont belles ! Hélène te ressemble, embrasse-les. J'ai même ce qu'il te faut dans la boite à masque à la cave ».

Marcelline n'avait que ce but en tête, faire plaisir à son Fernand et lui prouver qu'elle s'était donnée corps et âme pour sa ferme et par amour pour lui. C'était une femme énergique, prête à tout pour sa ferme avec "s'in tchiot commis", comme elle l'appelait. Il était très vaillant et d'une grande bonté pour elle. Stéphane venait tous les jours. Un matin, en milieu de semaine, madame Laribeaudière surprit son vacher qui se rasait devant le morceau de miroir posé sur le rebord de la petite fenêtre de l'étable, près de sa paillasse où il dormait.

– Bah, Stéphane ! Tu te rase encore aujourd'hui ? Tu t'es pourtant bien rasé dimanche ! Tu ne vas quand même pas voir les filles à ch't'heure.

– Mais non madame, c'est qu'il faut être propre, c'est bon pour la santé qu'elle m'a dit Marcelline.

– Ah alors, si Marcelline t'a dit ça, c'est qu'elle veut qu'tu sois bien propre chez elle. Pourtant son étable n'est pas différente de la nôtre. Elle veut qu'tu sois très propre pour ses deux vaches ? C'est bien curieux un'chose pareille mon Stéphane ! Enfin, tu rends bien service à Marcelline, c'est bien gentil d'ta part chlo !

Effectivement, Marcelline souhaitait que Stéphane soit plus propre. Pourquoi ? Dans le village, à part madame Laribeaudière, personne ne se posait de questions. Cette volonté de Marcelline était sûrement bien fondée ou bien cherchait-elle à lui donner l'éducation qu'il n'avait jamais reçue de parents qu'il avait très peu connus ? Toujours est-il que Stéphane, déjà très courageux, devenait un garçon propre, bien rasé et bien coiffé à en faire oublier ses handicaps.

Le midi, il restait déjeuner avec Marcelline. Il était présent derrière tous ses faits et gestes, guettant le moindre service à lui rendre pour lui faire plaisir. Elle ne s'en plaignait pas. Il était devenu plus qu'un commis : un compagnon. Certes, sa jambe plus courte le déhanchait toujours autant, mais il n'accentuait plus son allure. Stéphane changeait. Chaque fois qu'il bégayait trop pour s'expliquer, Marcelline le reprenait :

– Stéphane ! Prends ton temps pour parler, n't'énerve donc pas min tchiot ! Va douchemin, y faut qu'tu t'habitues à parler tranquillement, t'o va faire des progrès et p't'ête qu'un jour tu rencontreras un'file ?

– Je… n'e… n'en ve… ve… veux po… point, c'est ti qu'y'me plait !

– Ne dis pas d'bêtises min Stephane, j't'ai déjà dit que mi j'étais déjà mariée avec min Fernand.

– M… mais… ça… n'm'impêche… pas d't'aimer quand même ?…

Marcelline s'était prise d'affection pour Stéphane. Pour elle, cela n'avait que peu d'importance. Même si Stéphane avait changé, devenant un beau jeune homme, il ne pouvait la compromettre. Ils avaient tous les deux une honorabilité exemplaire : Stéphane pour aider cette jeune agricultrice seule avec ses deux enfants et Marcelline pour aider ce jeune homme handicapé, orphelin très jeune et ne sachant ni lire, ni écrire.

Les mois passèrent ; octobre 1940, aucun espoir ne se profilait pour voir la fin de cette guerre. Les travaux des champs suivaient les saisons, Juliette gambadait seule, cherchant à attraper les pigeons qui picoraient le blé des poules au milieu de la cour. Hélène, se tenant debout, s'agitait derrière la petite barrière dressée à la porte d'entrée de la maison. Fine maintenait ses activités à temps partiel avec autant de discrétion et d'efficacité.

Stéphane fréquentait la petite église d'Onvillers tous les dimanches mais il ne restait plus au fond près de l'entrée. Il prenait place soit près de Fine soit de Marcelline mais de l'autre côté de l'allée, à gauche avec les hommes.

Un matin, Marcelline, levée très tôt comme à son habitude, avait envisagé d'atteler Brunette et Grisou au brabant pour labourer la pièce en haut du bosquet Minard. Lorsqu'elle tira la poignée de la lourde porte roulante, elle découvrit Brunette allongée sur le flanc. Elle ne bougeait plus. Marcelline s'approcha de sa tête : ses yeux étaient grand ouverts, mais elle ne respirait plus. Brunette avait rendu son dernier soupir.

– Ma pauvre Brunette, tu nous quittes à ch't'heure, tu nous as rendu bien des services. Ch'sus bin triste ma Brunette tu sais et not'Fernand il aurait aussi d'el peine de t'voir à terre. Adieu ma Brunette.

Brunette s'était éteinte dans la nuit, probablement d'un arrêt cardiaque. Marcelline contacta l'équarrisseur qui vint la chercher en fin de matinée. Le peu de sous qu'il offrit pour son enlèvement ne pouvait couvrir le rachat d'un autre cheval. Marcelline était triste. Elle aurait tant voulu que Fernand retrouve ce compagnon de leur début de jeunes mariés, qui avait connu les sacrifices des premiers jours et ressenti la naissance de Juliette.

Grisou ne pouvait suffire à Marcelline. Si ce n'était plus un poulain, il n'avait pas encore la carrure pour tirer la lourde moissonneuse-lieuse et même la grosse charrette à ridelles. En attendant, comme le temps le permettait et pour ne pas manquer les labours d'automne, Victor lui prêta un cheval. Même avec les allemands dans Montdidier, la foire d'automne se perpétuait comme chaque année sur la grand'place. Il fallait que Marcelline y aille pour acheter un nouveau cheval. Elle n'osa pas demander à Emilien de l'emmener. Elle redoutait ses détours à la buvette de Francine. Elle emprunta la vieille bicyclette que Fine n'avait pas sortie depuis des décennies et dès le lever du jour, sans même avoir été à la messe, elle prit la route de Piennes pour se rendre à la foire.

Elle n'y était allée qu'une seule fois ; c'était pour beaucoup une réjouissance. Marcelline avait mis son beau chapeau à larges bords et, sous sa capeline, on pouvait découvrir un petit juste-au-corps sous son corsage de dentelle. Elle était très élégante pour côtoyer l'environnement masculin des maquignons.

Elle fit d'abord un petit tour à la corsetterie de la place pour se faire le plaisir de l'achat d'une nouvelle gaine qui affinerait sa taille. Puis, elle alla à la mercerie pour acheter deux blouses pour ses filles. Comme midi sonnait au beffroi de l'hôtel de ville, elle retourna à sa bicyclette et elle s'approcha de l'un des bancs de la place. Installée au côté de messieurs qui saucissonnaient, le litre de vin entre deux, elle sortit de son panier les belles tranches de pains au saindoux et cassa ses deux œufs durs. Elle mangea de bon appétit. Elle prit sa bouteille de frênette, la déboucha d'un "pchitt" et, relevant son visage, elle bascula le goulot pour une bonne rasade qui ne troubla personne. Discrètement, elle écoutait la discussion des deux messieurs qui avaient des avis différents, justement sur la race chevaline. Elle entendait l'un qui vantait la race des boulonnais, l'autre celle des traits du nord, en partageant un même avis sur les percherons. Marcelline se dit qu'elle avait bien envie de se mêler à leurs appréciations, étant venue pour acheter un cheval sans être fixée sur le bon choix.

– Pardon messieurs, j'vous entends parler d'chevaux, mi j'm'y conno point trop, min Fernand il est à la guerre et ma Brunette m'a lâchée de sin bel âge la semaine dernière. Comme il faut que je la remplace, bah je ne sais point trop quoi prendre. P't'être que vous pourriez m'conseiller ?

– Mais bien sûr ma petite dame, ce n'est pas le rôle d'une dame d'acheter un cheval, je vous comprends très bien ! vous venez d'où ?

– Mi j'suis d'Onvillers après Piennes. Avec mon Fernand, on a repris les fermages et la ferme du père Adam. J'ai deux vaches et je fais mon beurre et mon fromage. J'ai deux tchiotes filles qui vont fin bien.

– Ecoutez ma brave dame, nous deux on ne partage pas le même avis mais ce qu'il faut surtout c'est faire le choix d'un cheval en bonne santé. Sinon, ça coûte cher et quand il ne travaille pas, faut le nourrir quand même. Si vous le voulez, on vous emmènera en haut de la place, c'est là qu'ils sont tous et on vous aidera dans votre choix.

– C'est bin gentil d'vot part, mais vous êtes d'où vous donc ?

– Mi j'suis d'el ferme d'en bas de Montdidier et li c'est le charretier de l'grande ferme d'Assainvillers. Allez venez donc, on y va !

Marcelline se laissa guider par ces deux hommes vers les différents revendeurs de chevaux. Elle y trouva de belles bêtes, le choix était difficile. Elle s'arrêta sur un trait breton, un coupé de sept ans, bien musclé. Elle ne manqua pas de regarder sa dentition, elle lui souleva chaque pied, prenant soin de vérifier leur ferrage. Elle négocia le prix avec le vendeur, un vieux maquignon à grosses moustaches qui était dur en affaires. Marcelline tint bon. Elle ne devait pas dépasser 3500 francs. Comme elle était fixée à la fois sur la bête et sur le prix, l'homme céda. Il ne voulait pas perdre la cliente qui n'aurait pas lâché prise. Alors, ils se tapèrent dans la main comme le voulait la tradition, l'affaire était conclue.

– Vous avez l'argent ? Vous repartez avec ?

– Bien sûr que j'ai l'argent et pour repartir avec, y a ch'l'Emilien sur la foire qui me ramènera m'in vélo dans sin cariole.

Devant les quelques hommes présents autour d'elle, Marcelline, sans aucune gêne, remonta sa jupe longue et son tablier et alla chercher dans son bas la liasse de billets qu'elle y avait coincée. Les messieurs en profitèrent pour jeter un regard sur les belles cuisses de Marcelline. Elle compta les billets devant eux, surpris.

– Voilà ch'compte y est ! Ça fait bin les 3500. Je reviens dans une demi-heure, j'vas aller à la recherche d'l'Emilien.

Marcelline remercia les deux hommes qui l'avaient conseillée. L'un d'eux lui proposa d'aller prendre un verre au café juste à côté, mais Marcelline ne tenait pas à se laisser entraîner dans une considération qui pourrait déraper. Une absinthe peut vite conduire à une deuxième et à ne plus pouvoir voir la route après. Elle en avait un souvenir encore bien présent. Et puis, il était près de quinze heures et il fallait à tout prix qu'elle rentre avant la nuit.

Marcelline trouva sans problème Emilien à l'estaminet de la Francine où les quelques gouttes du matin et les rasades d'absinthe commençaient à lui donner des couleurs. Emilien, célibataire, n'avait pas été mobilisé pour partir au front ; il avait tout juste dépassé la limite d'âge.

Elle rentra dans le café enfumé où les joueurs de manille "coinchée" juraient à tort et travers devant leur tapis vert. La chopine de rouge et ses quatre verres les accompagnaient. Marcelline refusa à Emilien sa proposition de prendre un verre et lui demanda si elle pouvait mettre son vélo dans sa carriole.

– Pas de problème Marcelline, mets tin vélo contre m'carrette, j'te l'amène au soir.

Marcelline retourna chez son vendeur et prit livraison de Coquet.

– J'vous offre le licol en cadeau pour pouvoir le conduire, vous n'n'avez pas ? Allez, bonne route, vous verrez c'est un'bonne bête, vous n'êtes point volée. Ar'vouère !

Marcelline tira Coquet par le licol pour le sortir de la foule des acheteurs de la foire. Quoique un peu nerveux, il se prêta assez bien aux premières paroles de Marcelline. Dès la sortie de Montdidier, arrivée sur la route de Piennes, elle profita d'une borne en pierre pour monter sur son cheval à cru. Elle plaça ses deux jambes d'un même côté, sa jambe droite remontant légèrement vers le garrot de Coquet lui donnant une meilleure assise. Malgré le pas très lent du cheval elle arriva à la ferme avant la nuit. Lorsqu'elle franchit le portail, Juliette, Hélène et Fine l'attendaient sur le seuil de la porte. Les petites étaient toutes joyeuses de retrouver leur mère : Hélène applaudissait. Coquet manifesta sa venue par un hennissement auquel répondit Grisou du fond de sa stalle. Marcelline accompagna Coquet là où Brunette avait longtemps séjourné. Grisou accueillit son nouveau voisin par de nombreux coups de pieds dans le bat-flanc qui les séparait. Après avoir donné un seau d'eau à Coquet, Marcelline balança à chacun une bonne fourchée de foin ce qui calma leur agitation. Puis, elle remercia Fine de sa présence et elle emmena ses deux petites filles à l'étable pour la traite du soir.

*

*   *

Janvier 1941 ; Marcelline avait terminé ses labours d'automne avec un peu de retard. Grisou avait fait bon ami avec celui qui partagerait les attelages communs. Stéphane était présent tous les jours. La cour de la ferme était impeccable, le tas de fumier au centre, bordé au carré confirmait les exigences de la maîtresse de la ferme. La serviabilité de Stéphane devait probablement être généreusement compensée par une bienveillance de Marcelline que personne ne pouvait soupçonner.

Un matin, Marcelline ne se sentit pas bien. Elle avait des nausées troublantes. Elle songea à ce qu'elle avait déjà connu. Effectivement, elle comptabilisa près de deux mois de retard. Elle fut prise de panique dans un premier temps, puis d'une colère à tout balancer autour d'elle. Dans le calme retrouvé, vinrent les remords. Elle culpabilisait de ses faiblesses et se dit : « il ne faut pas que je traîne, il y a peut-être une solution. Il faut que je vois Fine, elle seule peut me sortir d'affaire. Après tout, elle saura garder le secret comme je l'ai fait pour elle ».

Dès que Fine arriva pour s'occuper des deux petites filles, Marcelline la saisit au passage :

– Fine ! Jure-moi que tu garderas un secret ?

– Mais bien sûr Marcelline nous avons confiance l'une et l'autre, que se passe-t-il ?

– Eh bien ! j'crois bin q'chu prise. J'ai deux mois de retard et j'ai les mêmes nausées que pour mes tchiotes.

– Mais ce n'est pas possible ! Mais d'qui alors ?

– Tu n't'en doutes point, depuis qu'il vient à l'ferme ?

– Je n'osais pas y penser, mais je voyais bien qu'il était fin heureux avec toi !

– Que veux-tu Fine avec tous les services qu'y m'rend à l'ferme ! Heureusement sinon je n'sais point comment je m'en sortiro. C'est li qui m'a fait des avances, ça a commencé par un'bise sur l'joue pour en arriver là à'ch't'heure. J'voulais qu'y continue à m'aider, alors j'en suis arrivé lo pour li faire plaisir. J'ai honte Fine, tu sais !

– J'te comprends bien ma Marcelline, tu as fait ça pour sauver ta ferme, rien de plus !

– Bah oui Fine, tu m'comprends très bien. Mais comment faire maintenant, tu te rends compte de ce que vont dire chés gins ?

– Ecoute Marcelline j'ai une solution : à deux mois, c'est encore possible mais il ne faut pas perdre de temps.

– Mais dis-moi donc, j'suis prête à tout tu sais, de quoi parles-tu ?

– Eh bien c'est grand-mère Angélique qui m'avait donné ce remède. Tu ne l'as pas connue, c'était une sacrée femme qui avait bien vécu et même longtemps. Elle est morte à 92 ans, mais j'ai gardé son remède. Je me suis retrouvée il y a queques années dans ton cas et c'est elle qui m'a tirée d'affaire.

– Mais c'est quoi donc ?

– Ce n'est pas bon et très douloureux tu sais mais ça a été efficace. C'est une décoction d'herbes des champs à avaler. Ça te donne des coliques terribles à te déchirer les tripes, tu vas faire pipi toutes les cinq minutes et à un moment, ça descendra tout seul.

– Ecoute Fine, je suis prête à faire tout d'suite c'qu'il faut !

– Il faut que j'aille en forêt et dans un pré où y a des chardons pour trouver toutes les herbes de la décoction. Je reviens ce soir. On commencera après la traite et je resterai avec toi toute la nuit s'il le faut pour t'aider et m'occuper de tes petites filles.

– Ah, t'es vraiment trop bonne Fine, j'va faire un'prière pour qu'tout se passe bien.

Le soir venu, après la traite et dès que les filles eurent soupé, Marcelline s'empressa de les coucher. Fine arriva avec un panier d'herbes fraîchement coupées.

– Marcelline tu es prête ? Je te préviens c'est très douloureux mais il n'y a pas d'autre solution.

– Je suis prête à souffrir en pénitence des fautes que j'ai commises.

– Ne dis pas cela Marcelline, ces fautes étaient louables pour sauver ta ferme, moi je ne te jette pas la pierre.

– T'es trop bonne Fine !

– Marcelline, il faut faire chauffer trois casseroles d'eau différentes. Lorsque l'eau bouillira, nous ajouterons différentes herbes dans chacune d'elles que nous laisserons infuser quelques minutes. Après quoi, avec une écumoire, nous les sortirons du bouillon pour les poser sur des torchons. Nous les égoutterons et nous les envelopperons pour les écraser et recueillir le jus qui passera au travers du linge. Ensuite, on mélangera les jus ensemble et tu en boiras un demi-verre tous les quarts d'heure, jusqu'à ce qu'il n'y en ait plus.

Fine et Marcelline transformèrent la salle à manger en laboratoire de développement chimique clandestin. Une odeur nauséabonde envahit la pièce : un concentré de chou pourri et d'urine de cheval. Marcelline restait confiante de l'intervention qu'elle allait subir.

Elles extirpèrent plus d'un demi-litre de leur potion vénéneuse. Marcelline se prépara à boire le premier demi-verre qu'elle avala difficilement au travers de grimaces exprimant son rejet. Elle ne manqua aucun quart d'heure, les grimaces s'amplifiaient avec un écœurement à la limite du supportable. Les premières douleurs à l'estomac commencèrent à se faire sentir. Puis, de minute en minute, celles-ci descendirent à l'abdomen et se prolongèrent dans le bas du ventre. Marcelline avait des envies d'uriner permanentes. Fine lui dit :

– Il ne faut surtout pas que tu te retiennes parce que c'est par là que ça va sortir. Dès que cela commence à saigner, c'est bon signe.

Marcelline mordait une serviette de toilette pour s'empêcher d'hurler. Elle se tordait sur le fauteuil paillé, prête à se rouler par terre. Tout son corps transpirait, la fièvre la gagna. Fine épongeait le visage de son amie et suivait l'évolution de la potion. Elle avait connu tous ces troubles et ne semblait pas s'inquiéter. Elle rassurait au mieux Marcelline lorsque, après trois heures d'atroces douleurs, Marcelline se dirigea rapidement au-dessus du seau hygiénique pour en laisser tomber l'atrocité du crime qu'elles venaient de commettre. Fine reprit :

– Je crois que ça y est, attends que je regarde ? Oui c'est bien cela. Maintenant, il faut que tu boives beaucoup d'eau pour laver tout. Ça va te donner la courante mais c'est normal. Il faut un bon lavage de tes intestins maintenant.

– Fine, tu es sûre que c'est terminé ?

– Oui tout à fait. Demain, on fera venir le docteur Puissand pour qu'il t'examine : on lui dira que tu as fait une petite infection. De toute façon, il est tenu au secret médical. Personne n'en saura rien.

Les douleurs s'estompèrent tard dans la nuit. Fine était restée près de Marcelline. Le lendemain le docteur Puissand gara sa belle C4 Torpédo dans la cour et s'approcha du chevet de Marcelline qui était restée couchée. Le médecin ne crut pas à la simple infection. Rapidement et en homme discret il diagnostiqua la procédure de la veille et, après un examen attentif, il apporta les soins complémentaires qu'il commenta :

– Le mal dont vous souffrez est très spécifique et demande beaucoup de prudence dans sa pratique illicite. La cible est peut-être atteinte mais cela peut avoir des conséquences non négligeables sur des organes riverains. C'est une maladie que je n'aime guère soigner, aussi je vous recommande à l'avenir une grande prudence. Sur ce, vous avez reçu les soins qu'il vous fallait, vous n'aurez pas de complications.

Vous me devez 5 francs et je vous souhaite une bonne journée et…

Le docteur Puissand n'en dit pas plus. Il se recoiffa de son feutre habituel et rejoignit son automobile ; il fit demi-tour dans la cour, en prenant soin de n'écraser aucune volaille. Stéphane fut informé que Marcelline avait eu une vilaine indigestion sans aucun commentaire.

Dès lors, Marcelline chercha à s'acquitter seule des tâches qu'elle pouvait très bien assumer, avec une reconsidération de son poste de travail. Stéphane sentait que les égards envers lui étaient très différents et devenaient distants.

Marcelline maintint une affection retenue pour Stéphane, qui se limitait à de simples bises sur les joues pour ne pas le voir sombrer par la déception et se replier dans son étable avec ses vaches. Elle reconnaissait que ses faiblesses s'étaient égarées par la compassion qu'elle avait pour lui. Elle avait voulu l'aider dans ses handicaps. Elle avait voulu compléter ce qui lui manquait : son absence d'éducation et d'instruction. Marcelline reconnaissait qu'elle avait été trop loin dans l'affection qu'elle lui avait portée.

Personne ne fut au courant de ce terrible incident.

VI

Décembre 1940, Fernand n'avait pu donner de ses nouvelles depuis les quatorze mois de son pénible et long périple. Croyant être libéré, comme ce fut pourtant annoncé avec la capitulation du maréchal Pétain, Fernand s'était retrouvé dans un convoi pour Strasbourg qui ne prit pas la direction de Paris. Ce fut d'abord la Sarre, puis après avoir roulé pendant 56 heures dans des wagons à bestiaux, il arriva avec ses compagnons en Prusse Orientale à Alllenstein, lieu du mausolée du Maréchal Hidenburg. C'est dans cette plaine que les Russes avaient subi une sévère défaite en 1917 par le maréchal Hidenburg, d'où le mausolée. A la descente du train, ils furent dirigés vers des baraquements. Fernand n'avait pas quitté Louis, son bon ami de Sélestat. Ils se soutenaient le moral avec la volonté d'en sortir un jour. Ils avaient été parqués dans un camp où étaient répartis 500 hommes dans trois baraques. Une clôture de quatre mètres de haut cernait le camp avec des miradors dans chaque angle pour surveiller ce qu'ils étaient devenus : des prisonniers. Dès le premier jour, ils passèrent à la photo d'identité et à la tonte à zéro ; les récalcitrants étaient reconduits à coups de crosse avec pour commentaires : « baraquerre », « français », « nix discipline ». La plupart comprenait que la plaisanterie était terminée.

Les repas étaient maigres et peu appétissants et pour ne pas s'affaiblir, il leur fallait trouver à manger. Fernand et d'autres camarades eurent la dysenterie. Les feuillées étaient en pleine nature, bordées d'une tranchée devant laquelle une barre de bois recevait les patients, le cul à l'air devant les passants. La honte n'existait pas, il en était de même pour tout le monde et il faisait froid, très froid.

Un beau matin, à l'appel, on regroupa les bretons. Le chef de la baraque qui était breton chercha à favoriser ses coreligionnaires pour une destination plus favorable. Louis, qui était d'origine bretonne, fut volontaire et ne voulut pas se séparer de son ami Fernand, aussi :

– Fernand, dis que tu viens de Bretagne, nous resterons ensemble ; ils n'iront pas contrôler. Ils vont nous envoyer travailler plus à l'ouest, dans des fermes.

– Ça c'est une bonne chose, moi la ferme ça me connaît.

Le groupe formé, à pieds ils arrivèrent à la gare et prirent le train en direction de l'ouest. Ce jour-là, pour les accompagner dans le cahotement du tortillard à vapeur, le soleil brillait, sur les plaines qu'ils traversèrent. Ils passèrent Francfort sur Oder et Berlin. Après 36 heures de voyage, ils arrivèrent à Bad-Orb, à l'est de Francfort sur le Main.

Bad-Orb, le terminus, était une charmante ville d'eau. A la descente du train, ils furent regroupés pour rejoindre le camp des bretons, les vrais et les faux. Le IX B était un ancien camp des jeunesses hitlériennes avec des barbelés, des gardiens et des chiens en plus.

Fernand et Louis commençaient à avoir très faim. Ils trouvèrent l'opportunité d'aller faire des jardins en ville. Ils furent désignés pour aller chez une dame charmante. Dès qu'elle les aperçut, elle vit qu'ils étaient affamés, alors, avant de leur faire prendre leur travail, elle leur donna à manger. En fin de journée, ils repartirent au camp avec un énorme casse-croûte.

Fernand et Louis n'avaient pas d'activités tous les jours. Cette inaction intermittente leur sapait le moral et ils souffraient de nouveau de la faim. Fernand prit la résolution d'aller travailler coûte que coûte ; aussi, avec son ami inséparable, ils décidèrent d'aller trouver le Sonder Führer, un officier spécial chargé d'envoyer travailler les volontaires. Fernand lui dit :

– Ici beaucoup faim, nous vouloir travailler dans une ferme pour manger un peu !

– Pas de problème, je parle un peu français. Si vous le voulez, demain je vous envoie tous les deux à Horhstadt ; c'est un vieux village entre Hanau et Francfort. Vous y serez très bien.

Ils partirent dès le lendemain en camion. L'escorte s'était allégée. Ils furent d'abord embauchés par la commune comme cantonniers pour nettoyer les rus qui contournaient le village. Ils étaient encadrés par deux vétérans qui ne parlaient pas un mot de français. Ils étaient nourris par le Gasthaus qui jouxtait le local où ils étaient enfermés tous les soirs. Un repas leur était servi trois fois par jour.

Puis les semaines passèrent et ils se retrouvèrent regroupés à douze prétendus bretons. Ils durent nommer un responsable, un interlocuteur, un homme de confiance qui représenterait ses camarades. Comme il parlait quelques mots d'allemand, Louis fut désigné. Il devint alors le Vertrausman du Kommando n°192 de Horhstadt.

Tout se passait pour le mieux, si ce n'est, surtout pour Fernand, qu'ils ne pouvaient pas adresser de courrier à leur famille. Ils étaient au service de l'Allemagne et toute correspondance avec la France n'était pas bien vue, ils risquaient de compromettre leurs avantages. Fernand faisait un travail de train-train, mangeait largement et comme le travail de la commune s'acheva, il fut placé chez des particuliers.

Un beau matin, Louis, son copain le Verstrausman, l'envoya à cinq kilomètres travailler dans une ferme.

– Tu verras Fernand, tu y seras très bien. C'est chez une jeune femme seule qui exploite une petite ferme de vaches laitières avec son beau-père. Son mari est en France près de Dunkerque, probablement dans un blockhaus.

– C'est très gentil de ta part Louis, je pars pour combien de temps ?

– Ça n'a pas été précisé ; en principe, si tout se passe bien pour toi, jusqu'à ce que son mari revienne. Tu pars demain, il faut que tu y ailles à pied, tu emmèneras ton sac. Il faut que tu y sois pour 8 heures. Ne fais pas le con, n'en profite pas pour te faire la belle, c'est moi qui trinquerai. Je prendrai de tes nouvelles ou peut-être que j'irai te voir un dimanche.

– Merci Louis, j'espère qu'on se reverra !

Fernand se leva très tôt et prit la route de la ferme Marienborn. Une petite heure de marche et à 8 heures moins 5, Fernand franchit le porche de la ferme. Il fut d'abord accueilli par l'aboiement du chien de garde, comme dans toute bonne ferme, puis il fut surpris par un « bonjour » : le grand-père sortait de l'étable.

– Bonjour, je suis monsieur Klaustrofer le beau-père d'Alberta, qui va rejoindre nous dans quelques instants, elle toilette de ses deux garçons.

– Mais vous parlez bien le français !

– Oui, je suis été en France pendant quatre ans pendant l'autre guerre, à Verdun. J'y suis resté très longtemps et j'ai appris le français. Ma belle-fille parle aussi le français. Vous, comment vous appelez-vous ?

– Fernand ! Fernand Ledoux, je viens de France, de la Picardie, un petit village près de Montdidier.

– Moi connaître la Somme à Albert, grosse bataille, beaucoup de morts ce n'est pas bien la guerre. Tenez voici Alberta, il faut que je vous présente ; Alberta, voici notre ouvrier Fernand !

– Bonjour monsieur Fernand, avez-vous déjà travaillé dans une ferme ?

– Bonjour madame, bien sûr j'ai aussi une petite ferme avec deux vaches et une douzaine d'hectares à cultiver.

– C'est très bien, je pense que vous savez traire ? Ici, nous en avons douze et cinq veaux à nourrir sous leur mère. Vous logerez au grenier, nous vous avons mis une paillasse et deux couvertures. Vous prendrez vos repas dans la buanderie. Vous n'avez que ces chaussures pour travailler ? Vous pourrez prendre les bottes d'Edmund : il chausse du 45, vous y mettrez un peu de paille si elles sont trop grandes.

– Merci, c'est très gentil de votre part. Je commence par quoi ?

– D'abord monsieur Fernand, j'espère que vous n'en profiterez pas pour vous évader comme celui que vous remplacez. Nous n'avons pas l'intention de vous surveiller avec un *"Maschinenpistole"*[10] derrière vous toute la journée. Mais sachez que j'ai mon " *Lugen*"[11] en permanence sur moi et si vous faites une chose qui ne me plaît pas, je peux m'en servir. Vous commencerez par nettoyer la grande étable : vous emmènerez le fumier derrière le bâtiment, vous y verrez le tas. Puis, après avoir bien balayé le sol et rempli les auges, vous remettrez de la paille fraîche de la grange.

– Pas de problème madame je suis à votre service.

La jeune femme avait donné le ton. Sa fermeté était à l'image de son caractère que son physique compensait. Elle était grande, un peu forte, belle poitrine généreuse. Blonde, ses cheveux attachés dégageaient son visage et faisaient ressortir ses beaux yeux bleus. Pour Fernand, sa beauté ne comptait pas. Il avait trop à l'esprit sa Marcelline qu'il avait laissée seule, comme Alberta qu'il devait servir en tant que prisonnier. Marcelline n'avait pas cette possibilité de se faire aider, elle.

Le travail de la ferme ne l'effrayait pas. Le courage ne lui manquait pas et il se dit : "là, je serai bien nourri, la guerre finira bien un jour". La première journée le replongea dans un environnement qu'il connaissait bien. La qualité de son travail atténua la fermeté d'expression d'Alberta. Les repas lui furent servis chauds dans un recoin de la buanderie où le linge sale stagnait au sol.

Le lendemain matin, après avoir fait une toilette au bac des chevaux dans la cour, Fernand se dirigea vers

---

[10] mitraillette

[11] pistolet

la buanderie où là, Alberta lui avait apporté son bol de café fumant. Des tranches de pain étaient à sa disposition avec un pot de confiture de mirabelles. Il était surpris. Il en oubliait les deux lettres KG qui étaient inscrites dans son dos. Alberta s'approcha pour lui donner l'emploi du temps de la journée. Il devait atteler les deux "*black forest*" pur-sang à la grosse charrette à quatre roues pour aller charger du bois en forêt. Fernand se permit de lui poser une question :

– Je vous remercie pour le café bien chaud et la confiture, mais comment se fait-il que vous parliez si bien le français ?

– J'ai fait des études ; je voulais être professeur de français, mais je me suis mariée avec un agriculteur et j'ai dû me mettre à l'ouvrage pour l'aider. Puis, la guerre est arrivée et je dois continuer tout en élevant mes deux garçons.

Après avoir apprêté les deux beaux chevaux noirs, Fernand partit avec l'attelage ; le beau-père l'accompagna pour lui indiquer l'endroit du chargement. Arrivés sur place, Fernand chargea les grosses bûches de bois stockées sur le côté du chemin, pendant que le beau-père, lui, s'enfonça dans les profondeurs de la forêt à la recherche de champignons. Dès que la charrette fut remplie, le beau-père revint avec un panier rempli de beaux champignons que Fernand n'avait encore jamais vus.

– "Dir Morchel"[12] "der Seitling"[13] ce sont de très bons champignons. Je dirai à Alberta qu'elle vous les fasse goûter.

---

[12] Morilles

[13] Cèpes

– Vous êtes bien gentil monsieur Klaustrofer.

– Vous savez monsieur Fernand, j'ai voté pour Hitler et mon fils aussi, mais en faisant la guerre, je ne suis plus d'accord ! Comme beaucoup, nous sommes déçus ; nous avons fait 14/18, ça nous a suffi mais nous ne pouvons rien faire maintenant, surtout avec la guerre contre la Russie. Nous perdrons tout dans un temps plus ou moins long… Hitler est fou.

Monsieur Klaustrofer prit place à côté de Fernand sur la charrette en bois. Fernand tenait les rênes des deux chevaux avec beaucoup d'attention. Le chemin était très boueux et il ne fallait surtout pas enliser ou faire verser la charrette fortement chargée, ce qui ne serait pas bien apprécié par les maîtres de la ferme.

Fernand regagna la route, après une petite suée due à l'incertitude de la bonne tenue de son chargement, vu l'état du chemin. Monsieur Klaustrofer le félicita et reconnut que Fernand était un très bon charretier.

Fernand donnait satisfaction à la ferme. Pour lui, il revivait avec similitude la vie de sa propre ferme. Alberta était devenue très aimable avec Fernand. Elle veillait à ce qu'il se sente bien dans son travail. Elle pensait qu'un ouvrier comme lui était l'idéal pour l'aider. Elle songeait à Edmund : quand il reviendra, il retrouvera sa ferme bien menée. Alberta était restée une femme toujours jeune, aimante et dynamique comme le jour où son mari l'avait quittée. Elle maintenait quotidiennement une coquetterie qui n'était pas pour déplaire à Fernand.

Les semaines passèrent ; la guerre troublait beaucoup moins la petite ferme. Alberta n'avait que de rares nouvelles d'Edmund à cause du mauvais acheminement du courrier et Fernand lui, ne pouvait pas écrire à sa famille, ne sachant où déposer sa lettre. Alberta et Fernand travaillaient en grande confiance, une sympathie s'installait entre eux. Alberta avait beaucoup d'humour et entraînait Fernand avec complaisance dans des divertissements qui rompaient la tristesse de leur situation commune.

Alberta et Fernand partaient régulièrement ensemble avec un attelage pour rentrer du fourrage ou un restant de bottes d'épis de blé à engranger. Elle était devenue très souriante avec Fernand et lui appréciait cette convivialité qui lui faisait oublier l'éloignement. Elle était toujours habillée d'une jupe très ample avec un tablier sur le devant qui recouvrait légèrement son corsage au décolleté généreux, avec des manches courtes et bouffantes. Elle portait le costume traditionnel de la région. Lorsqu'elle se baissait, Fernand avait toujours un regard plongeant dans son corsage et découvrait les rondeurs de ses beaux seins. Elle ne s'en préservait jamais, parfois, Fernand ressentait cette générosité comme un appel.

Un jour, alors qu'ils étaient tous les deux dans la grange à entasser correctement les bottes de la récolte de blé, en vue du battage d'automne, Alberta, passant devant Fernand, fit un faux pas qui la déséquilibra. Fernand, voulant la retenir d'une mauvaise chute inéluctable, la saisie de justesse par la taille. Elle se raccrocha à lui et ne manifesta aucun rejet. Curieusement, en se ressaisissant l'un l'autre, les deux visages se rencontrèrent. Après une courte hésitation, marquant un temps d'arrêt ils se retrouvèrent face à face et, de cette proximité circonstancielle, les lèvres d'Alberta effleurèrent celles de Fernand. Ils restèrent immobiles et, comme un soulagement, ils fondirent dans un baiser irréversible.

– Fernand, je vous demande pardon, surtout, il ne faut pas que ça se sache. Il faut faire attention à mon beau-père sinon pour vous cela ne se passerait pas bien et pour moi non plus d'ailleurs. Vous savez Fernand, je suis bien avec vous.

– Oh oui sûrement, je risque de me retrouver au stalag.

– Nous ferons très attention Fernand, je tiens trop à vous garder.

Fernand veilla à ce que l'incident ne se reproduise plus. Il essayait de garder ses distances avec Alberta, mais elle trouvait souvent l'opportunité d'un isolement avec lui dans l'accomplissement des tâches de son exploitation. Fernand ne voulait pas s'opposer à ce qui s'était instauré, de peur qu'un refus de sa part n'entraîne une contrariété qui risquerait d'être fatale à la continuité de son séjour à la ferme Marienborn. La relation dura plusieurs semaines avec des rencontres, toujours bien dissimulées mais souvent transgressées par un accouplement inévitable.

Un dimanche, tel une triste journée, la pluie ne cessait de tomber. Après déjeuner, avant de reprendre son travail, Fernand se sentit fatigué avec une forte migraine, un début de grippe probablement. Alberta lui conseilla de rester au chaud et l'invita à rester au lit, sous ses couvertures, sur sa paillasse au grenier. Vers trois heures elle lui monta une infusion bien chaude et veilla à ce qu'il n'ait pas froid en lui apportant une troisième couverture. Ils restèrent quelque temps ensemble. Elle s'allongea près de lui et ils passèrent une heure à bavarder, entrecoupée de baisers et de caresses apaisantes. Alberta ne put résister, elle se glissa sous les couvertures avec Fernand. Ils étaient tous les deux en sueur, chacun de sa propre fièvre. L'un d'une grippe certaine mais l'autre d'une montée orgasmique qu'elle ne pouvait contenir.

Lorsqu'Alberta redescendit le petit escalier de bois et ouvrit la porte donnant sur la cour, elle fût surprise de voir son beau-père qui l'attendait.

– Que faisiez-vous là-haut, cela fait une heure que vous y êtes et cela fait plusieurs jours que je vous guette.

– « *Sie sind, daB eine Kleine schlampe, während er mein Sohn im Krieg ist* ».[14]

– *Ich frage Ihnen nach Verzeihung her Klaustrofer.*[15]

Monsieur Klaustrofer avait connu les années de la grande guerre de 14/18. Il savait que la séparation des jeunes n'était pas toujours facile mais il ne put s'empêcher de penser à son fils, qui lui, vivait en danger sur le front.

Dès le lendemain, Monsieur Klaustrofer fit part à la Kommandantur de la dérive de Fernand. Sans tarder, un camion vint le chercher pour le ramener au Stalag de Bad Orb. Lorsqu'il monta dans le camion, Alberta était dissimulée derrière la petite fenêtre de sa cuisine, elle tira légèrement le rideau et, attristée par le départ de Fernand, elle lui fit un geste d'adieu avec un baiser de la main. Fernand ne répondit pas, poussé à coups de crosse comme un malfaiteur.

Louis prit connaissance de ce qui s'était passé à la ferme Marienborn. Il chercha à joindre son ami

[14] Vous n'êtes qu'une petite salope, pendant que mon fils est lui à la guerre.

[15] Je vous demande pardon monsieur Klaustrofer.

Fernand mais il ne put faire grand-chose ; il lui évita surtout le pire. Il contribua à ce qu'il fut mené dans un nouveau Kommando, avec l'impossibilité de s'évader.

Fernand était accablé de remords. Pourquoi avait-il cédé aux avances de cette femme, oubliant Marcelline et ses deux enfants ? Il ne comprenait pas son comportement. Il avait gâché la chance de cette place sécurisée dans cette ferme. D'autant qu'il apprit que la guerre en Russie devenait de plus en plus difficile et les pertes de plus en plus élevées. Le gouvernement allemand décréta que les prisonniers travaillant dans des fermes isolées seraient déclarés prisonniers « libres », sous la responsabilité de l'employeur. Fernand se rendit compte de sa faiblesse avec beaucoup d'amertume.

Il ne resta pas au Stalag de Bad Orb. Les nouvelles directives du gouvernement allemand furent également favorables pour lui. Il faut dire que Fernand ne fut pas le seul à succomber à la tentation. Les prisonniers dans les fermes ne restaient pas longtemps au même poste. Les autorités allemandes faisaient changer les Kommandos de villages, pour éviter que les prisonniers aient des relations trop « amicales » avec la gente féminine, ce qui n'empêchait pas grand-chose, il manquait de jeunes hommes en Allemagne. Fernand fut muté dans différents Kommandos de villages où il séjourna, passant de ferme en ferme.

VII

Stéphane ne venait plus tous les jours à la ferme de Marcelline. Elle avait réussi à le raisonner, tout en gardant une très grande amitié pour lui. Elle s'organisait au mieux pour ses gros travaux des champs. Par sa situation, Marcelline ne laissait pas insensible les volontaires pour l'aider, des hommes de Boulogne et même de Rollot se faisaient connaître, informés par le boulanger ou monsieur le curé. Marcelline n'avait pas l'argent pour payer un ouvrier. Elle leur donnait la “pièce” ou quelques plaquettes de beurre. D'autres, proposaient une autre monnaie d'échange ; ceux-là étaient rapidement écartés, dès la première approche. Elle avait trop souffert par la naïveté d'avoir compenser d'une telle rémunération à moindre coût.

Fine venait tous les jours voir les petites filles. Elles aimaient bien leur mémère Fine et Marcelline y trouvait là une bonne voisine ; elles pouvaient se parler de leur intimité en toute confiance. Fine continuait ses rencontres hebdomadaires avec monsieur Duchaussoy.

Ce 15 août 1941, sur le chemin du retour de la procession de la fête de la vierge, où elles étaient allées ensemble, Fine fit voir à Marcelline la belle bague que monsieur Duchaussoy lui avait offerte pour son anniversaire, une émeraude.

– Regarde Marcelline, c'est un'bague d'amour tu sais. Il me l'a offerte parce que cela fait dix ans que nous avons pour la première fois…

– Dix ans ! Ça compte quand même ! Je suis sûre qu'el mère Duchaussoy n'en a pas une comme telle !

– Oui, il m'a même dit qu'il avait préféré aller à la bijouterie de Roye parce qu'à Montdidier, le bijoutier de la grande place connait sa femme ; elle vient toujours le déranger, prétextant depuis des années que son mari pensait lui offrir une bague.

– J'suis bin contente pour ti, c'est un bel amour que t'as Fine avec ch't'homme là, hein !

Marcelline était sans nouvelles de Fernand depuis près de deux ans. Elle savait, par la radio, qu'en Allemagne il y avait de nombreux soldats prisonniers qui étaient placés dans des fermes, ils étaient mieux nourris et remplaçaient les hommes partis à la guerre. Marcelline ne put s'empêcher de songer à ce qui lui était arrivé avec Stéphane. « Ces femmes, qui restent seules dans des fermes isolées, doivent bien avoir aussi des tentations, elles sont jeunes pour la plupart ». Pour Marcelline, son Fernand ne pouvait pas succomber à une telle chose. Elle le connaissait trop. Quand ils se sont mariés, il n'avait jamais connu d'autre femme.

On approchait de l'hiver. Marcelline n'avait pas sa provision de bois pour sa cuisinière. Le charbon était devenu rare et très cher, aussi n'avait-elle pas d'autre solution que de se chauffer au bois. Elle pensa à abattre un vieux chêne qui menaçait de tomber, à l'entrée du bois du Faÿ. Avec cet arbre, elle aurait une bonne réserve de bois. Elle n'avait pas la force de faire ce travail d'homme, il fallait y aller à la hache et au passe-partout, avec un savoir-faire que seul Fernand connaissait et pratiquait très bien. Elle ne voyait personne pour l'aider à Onvillers. Stéphane n'avait pas la force pour ce genre d'ouvrage et avec son handicap, elle ne voulait pas qu'il reçoive l'arbre sur la tête.

Marcelline en parla donc au boulanger de Boulogne, lors de son passage :

– Dis donc François, to connaitro pas un bon gaillard pour m'couper un arbre ? J'ai pu d'bois pour ch't'hiver. Faut pas qu'y soit manchot, j'ai un vieux chêne à abattre de près d'un mètre d'diamètre avec un'hauteur d'15 mètres au moins.

– Ecoute Marcelline, je pense à ch'Lucien d'Boulogne. C'est un bon gaillard sérieux. Il a la quarantaine passée, il n'est pas parti au front par la limite d'âge, il a de bons bras et il n'cst pas bête du tout. J'va lui dire de passer t'voir, tu verras bien !

– Ch't'ar remercie bin Françouè, qu'y vienne m'vouère à l'ferme quant'y veut !

Marcelline allait enfin trouver quelqu'un pour lui faire du bois. Tous les ouvriers qu'elle avait eus jusqu'à présent auraient pu lui faire ce travail, mais ils étaient trop entreprenants avec elle et elle ne voulait pas devoir les payer avec la monnaie qu'ils souhaitaient.

Le soir venu, Lucien arriva à vélo de Boulogne. Il entra directement dans la cour de la ferme. Marquis, en bon chien de garde, avertit Marcelline de sa présence. Après avoir accolé son vélo au mur de la buanderie, il ôta sa casquette dès qu'il aperçut Marcelline sortant de sa cuisine. Elle terminait d'essuyer ses mains à son tablier et s'approcha de Lucien :

– Bien l'bonjour monsieur Lucien ! Vous venez donc pour mon bois, c'est bin gentil d'vot part, mi j'n'o point la force de faire ch'travail d'homme.

– Je vous comprends très bien Madame Ledoux, ce n'est pas un travail pour un'femme. Quand voulez-vous que j'vienne ?

– Bah mon bon monsieur, quand vous voudrez ! Mais combien qu'vous allez coûter pour un travail comme chl'o ?

– Madame Ledoux, vous savez je ne sais point. Vot'mari est à la guerre et avec vos deux petites filles à nourrir, je n'peux vous prendre trop d'argent ! J'ai déjà un travail à m'maison avec m'femme, nous faisons des sacs pour la fabrique de Montdidier. Ça m'permet d'avoir du temps libre. Vous me donnerez c'que vous voulez, j'fais surtout ça pour vous rendre service.

– Ah, vous êtes trop bon m'sieur Lucien, mais toute peine mérite quequ'chose tout de même. Je ne vous laisserai pas faire un travail pareil pour rien, votre gentillesse me fait déjà penser qu'vous êtes un brave homme.

– S'il vous le voulez Madame Ledoux, je peux commencer demain s'il l'temps l'permet.

– Ça m'fait bin plaisir m'sieur Lucien, mais appelez-moi donc Marcelline comme tout le monde ichi !

– J'veux bien mais vous, appelez-moi Lucien ; je ne suis point si vieux pour qu'on me dise monsieur !

– Marché conclu Lucien ! A demain !

– A demain Madame Marcelline !

Lucien récupéra son vélo et reprit la route de Boulogne. Courbé sur sa vieille bicyclette, sa casquette enfoncée jusqu'aux oreilles, il était crispé sur son guidon. A chaque coup de pédale, ses pensées étaient restées sur la vision de Marcelline. “Quelle belle femme, elle en a du mérite à s’occuper de sa ferme comme elle le fait”, se disait-il. Lucien, qui venait d’avoir 42 ans, était un bel homme. Une légère timidité en faisait un homme effacé. Dès qu’il retirait sa casquette, sa belle chevelure brune, la beauté de son visage et de ses grands yeux verts le rendaient très séduisant : il dégageait alors une grande vitalité, un grand gaillard ; les travaux manuels avaient sculpté son corps d’homme.

Marcelline était ravie : « ce garçon me semble avoir la tête sur les épaules et en plus il est marié, c’est une bonne chose », se disait-elle. Lucien était un garçon très poli ; son regard fixe et ses beaux yeux brillants ne laissaient pas indifférents. Chaque dimanche, avec son épouse Jocelyne, ils gravissaient ensemble les marches de l’église de Boulogne. Ils unissaient leurs prières pour une cause qui resserrait leur amour : Jocelyne, qui n’avait que 35 ans, n’avait jamais réussi à souder leur bonheur avec la naissance d’un enfant.

Ses deux enfants et la pénibilité des travaux des champs n’avaient pas altéré la beauté Marcelline. Son visage dégageait une grande féminité, elle n’avait pas besoin de le farder. Son élocution “patoisante picarde” ne ternissait pas l’éclat de cette jeune femme qui attisait sans le vouloir les mal intentionnés.

Stéphane avait été un garçon qui lui avait rendu beaucoup de services. Marcelline, tellement soucieuse pour la bonne marche de sa ferme, outrepassa les limites de la simple affection pour Stéphane. Par sa trop grande générosité, elle avait fauté et demeura longtemps tourmentée à l’idée d’avoir manqué de retenue.

Le lendemain, comme la journée était ensoleillée, Lucien arriva sur le coup de neuf heures. Il avait accroché sur le cadre de sa bicyclette sa cognée personnelle et sur le porte-bagages à l'avant, il avait placé dans un sac de jute quatre gros coins d'acier forgé.

Marcelline, après avoir terminé la traite du matin conduisit ses deux petites filles chez Fine. Celle-ci s'empressa de lui faire toute les bonnes recommandations d'usage ; d'abord, à ce que l'arbre ne leur tombe pas sur la tête mais également, avec un sourire ironique, connaissant le bel homme qu'était Lucien, qu'elle prenne garde : « un regard pourrait foudroyer non pas ch'l'arbre mais le baliveau de "charme" de… ». Marcelline perçut l'allusion de Fine qu'elle releva avec le sourire et, sûre d'elle :

– N't'inquiète donc pas Fine, même si ché bieux hommes y sont rares à ch't'heure, je compte bin garder mes distances. Toute façon il est marié ch't'homme et mi aussi.

– Je te souhaite du courage Marcelline, fais attention à ch'bel arbre…

Marcelline rejoignit Lucien dans la cour de la ferme. Il attendait patiemment, regardant et admirant la propreté de son entourage.

– Madame Marcelline, avez-vous un passe-partout et une masse à frapper en acier ?

– Il doit bien y avoir tout ça à l'forge ! Venez avec mi.

Effectivement, ils trouvèrent les outils qui leur permettraient d'abattre le vieux chêne. Marceline enveloppa la lame du passe-partout avec de vieux sacs de jute pour se protéger des dents saillantes. Elle n'oublia pas la lime tiers-point pour réaffuter le passe et un peu d'eau ainsi qu'une bouteille de frênette.

Le tout fut chargé sur une petite voiture à bras et ils prirent la direction du pré du Faÿ.

Arrivés au pied de l'arbre, Lucien examina les branchages. Il rechercha le point de chute pour ne pas endommager la clôture à proximité et les jeunes arbrisseaux. Il s'assura du sens du vent : une bourrasque pourrait dévier sa chute.

– Voilà Madame Marcelline ! Nous allons le faire tomber entre le chemin et le talus. Dès qu'il sera au sol nous dégagerons les branches qui gêneront le passage sur le chemin.

– Je compte sur vous Lucien ! Mi je n'sais trop vous dire, c'est mon Fernand qui faisait chlo !

– Ne vous inquiétez pas, ce n'est pas mon premier arbre et j'ai toujours pris les précautions qu'il faut. D'abord, nous allons préparer une coupe en sifflet du côté où il doit tomber. Là, sur un bon quarante centimètres de profondeur, à dix centimètres de la moitié du tronc. Puis, de l'autre côté, je l'attaquerai à la cognée et après, ensemble au passe. C'est le moment le plus délicat : il faut que l'on fasse une entaille assez profonde et dès qu'on s'aperçoit qu'il vacille légèrement du tronc, j'y mettrai des coins en force, à la masse, de façon à le faire basculer du côté de la coupe en sifflet. A ce moment, il faudra s'écarter le plus possible pendant sa chute, pour éviter un basculement du tronc lorsqu'il tombera à terre.

– Bin mon Lucien, j'vois qu'vous avez le savoir-faire ! Ch'boulanger m'a pas trompée en me parlant de vous !

Marcelline et Lucien se mirent en place pour la première coupe en sifflet. Marcelline suivait très bien le mouvement de va-et-vient du passe, sachant qu'elle ne devait que tirer vers elle à chaque mouvement. Ils commencèrent par la coupe biaise. Pas facile et surtout fatigante, compte-tenu de l'épaisseur de bois à scier. Lucien s'arrêta un instant pour retirer sa veste et surtout pour donner un coup de la lime tiers-point entre les dents de la lame. Marcelline avait très chaud également. Elle enleva son chandail, laissant apparaître son chemisier de coton à manches courtes.

Ils reprirent le mouvement alternatif de la coupe avec le passe. Lucien, les manches de sa chemise relevées et le col largement ouvert, laissaient apparaître la force de ce corps apprêté à l'ouvrage. Marcelline, elle, avait le premier bouton de son corsage qui s'était ôté sous l'effort et le deuxième tirait sur sa boutonnière. Lucien, face à elle, ne pouvait s'empêcher, à chaque lâché de la lame vers elle, d'admirer son visage qui restait pensif et, dès que le deuxième bouton lâcha, il découvrit les formes naissantes de sa belle poitrine. L'un et l'autre, à chaque retour de la lame, avaient leurs regards qui se croisaient. dès que le coin de bois, coupé sur quarante centimètres, céda, ils dégagèrent le passe :

– C'est bon, voilà pour la première partie ; je vais maintenant attaquer l'arrière à la hache, puis, nous reprendrons ensemble légèrement au passe.

– Voulez-vous un tchiot coup de frênette ? Je n'ai point pris de verre, vous n'avez qu'à commencer l'premier.

– C'est point d'refus, ça donne chaud ch't'ingin lo.

Puis Lucien reprit le manche de la cognée à pleines mains et frappa de grands coups dans l'écorce du vieil arbre peut-être bien centenaire. Dès que l'entaille fut bien engagée, ils reprirent le passe mais avec beaucoup d'attention sur le comportement du tronc et, c'est à ce moment que Lucien observa une légère oscillation de celui-ci.

– On arrête. Je mets les coins en place : en quelques coups de masse, il va céder. Marcelline, reculez-vous, on ne sait jamais ; il peut partir à n'importe quel moment et je ne tiens pas à ce qu'il vous arrive queque chose !

Lucien enfonça les trois coins d'acier vers le cœur du chêne et, l'arbre commença à pencher dans la bonne direction. Lucien se dégagea immédiatement en arrière. Un léger craquement se fit entendre ; hésitant d'abord pour s'amplifier dans une atroce déchirure, effroyable et terminer dans le grondement de sa chute qui fit trembler le sol. Puis, ce fut un grand silence. Marcelline et Lucien se regardèrent sans dire un mot, contemplant l'accomplissement de leur effort commun. Un rayon de soleil vint illuminer leurs visages qui dégageaient un sourire réciproque de satisfaction et la lueur d'un semblant de bonheur partagé. Marcelline invita à nouveau Lucien :

– Vous ar r'voulez à bouère un n'aute tchiot coup de frênette dans ch'bouteille : vous l'avez bien mérité à'ch't'heure.

– C'est bien gentil, je vous remercie !

– Après, faut qu'on coupe chés branches qui sont sur ch'chemin, sinon l'Victor y va point pouvoir passer pour aller à ch'pâture.

– Pas de problème, il faut faire ça avant la nuit, demain je peux venir pour débiter les grosses branches si vous le voulez.

– C'n'est pas de refus. Nous pourrions les débiter au passe-partout. On commencera par chés grosses branches mortes, elles passeront dans ma cuisinière les premières, ch'bois là est plus sec. Mais Lucien, vous n'm'avez toujours pas dit combien j'va vous devoir pour ch'travail ?

– Ne vous inquiétez pas Madame Marcelline, ça n'vous coutera pas cher, je vous ferai un prix. J'ai beaucoup de plaisir à travailler avec vous ! Vous êtes une femme tellement courageuse !

Lucien et Marcelline rentrèrent à la ferme. Lucien, après avoir passé la sangle à son épaule, tira la charrette à bras sur le chemin du retour. Marcelline marchait à côté de lui, la main posée sur un timon, comme pour garder un contact avec celui dont le regard de ses beaux yeux verts ne laissait pas insensible.

Lucien reprit sa bicyclette et regagna Boulogne où son épouse l'attendait et Marcelline passa prendre ses filles chez Fine :

– Alors ? Dis-moi, vous l'avez eu ch't'arbre ? Tout c'est bien passé, es-tu satisfaite de ton nouveau commis ?

– Oh oui, il en a de la force, il est musclé, tu sais il est fin bieu cht'homme et chés yeux tu n'peux savouèr…

– Je n'en doute pas Marcelline et puis une jolie jeune femme comme toi, ça ne laisse pas indifférent. Enfin, si c'est un peu de bonheur pour ti avec toutes ces misères de la guerre… De toute façon, je te fais confiance : vis ch'bon temps pendant qu't'es cor jeune.

Marcelline ramena ses deux filles à la maison. Elle n'était pas comme à son habitude ; elle était joyeuse et chantonnait tenant ses deux fillettes par la main. Elle donna une petite collation à Juliette et Hélène, avant de se diriger vers l'étable où la traite du soir l'attendait.

Elle avait maintenant trois vaches à traire et c'était toujours pour Marcelline un moment de satisfaction. Le lait qu'elle tirait lui faisait penser au bon beurre qu'elle baratterait les jours suivants et elle comptabilisait, chaque soir, les petits cœurs d'Onvillers qu'elle façonnerait et qu'elle revendrait. Ce soir-là, ses pensées étaient ailleurs, elles étaient restées au mouvement de va-et-vient du passe-partout et de celui qui avait été en face. Assise sur son petit tabouret à trois pieds, le seau serré entre ses cuisses et la tête appuyée contre le flanc de la "Rosette", elle empoignait à pleines mains les pis généreux. A chaque pression, étirée vers le bas, s'en suivait une bonne giclée de lait qui tintait dans le fond du seau métallique étamé. Ce soir-là, elle ne comptabilisait plus mais restait très pensive.

Le lendemain, dès huit heures trente, Lucien était déjà dans la cour de la ferme. Marcelline avait terminé sa traite du matin et s'apprêtait à donner une fourchée de foin à ses deux chevaux lorsque Lucien intervint :

– Bonjour Madame Marcelline ! Laissez, j'v'a leur donner, c'est trop pénible pour vous de balancer ce foin si haut dans les râteliers.

– Ah merci Lucien, vous pourrez leur mettre également à chacun une demie gamelle d'avoine dans leur auge ? Aujourd'hui, ils restent à l'écurie.

Après avoir déposé les deux fillettes chez Fine, Marcelline et Lucien se préparèrent comme la veille pour aller débiter les branchages du gros chêne qui les attendaient dans le chemin du Faÿ. Arrivés devant le mastodonte qui gisait au sol, Lucien prépara le passe-partout et ils scièrent les premières grosses branches accessibles. Marcelline et Lucien se retrouvèrent face-à-face, ne cherchant que le mouvement parfait de leur va-et-vient qui assurait une coupe rapide. Lucien avait pris soin de dégager à la serpe les menus branchages qui pouvaient les gêner ; il les projeta hors de leur espace de travail, laissant les sections de bûches qui feraient les stères de la provision de bois pour l'hiver.

Toute la matinée, ils coupèrent et stockèrent les tronçons d'un mètre. Ils n'étaient pas bavard l'un et l'autre, cachant des pensées qui devaient sûrement se rejoindre, vu leurs regards qui ne trompaient pas. Dès que le clocher de l'église de Rollot sonna les douze coups de midi, Marcelline invita Lucien à retourner à la ferme pour déjeuner.

Lucien releva sa casquette, fit basculer sa veste par-dessus son épaule et Marcelline remit en place la bretelle de son soutien-gorge qui était tombée et qui la gênait. Lucien découvrit le geste de cette main qui pénétrait dans l'antre de la beauté d'une poitrine qui troublait ses pensées. Ils marchèrent côte à côte, cherchant à savourer un semblant d'intimité. Marcelline lui parla de Fernand, qu'elle était sans nouvelles de lui depuis bientôt deux ans, que le temps passait, la laissant isolée et dépourvue de l'amour qu'elle pourrait vivre avec un homme. Lui se permit de lui parler de son épouse Jocelyne :

– Vous savez, Madame Marcelline, j'aimerais tellement avoir des enfants. Ça nous manque à l'maison, les soirées sont bien tristes. Nous avons bien deux chats et un chien mais ça ne vaut pas des enfants. Vous, vous avez deux belles petites filles qui vous apportent beaucoup de bonheur. Nous, avec Jocelyne, les soirées sont si tristes que le soir, on s'endort et on finit par s'ignorer. Elle dit que c'est à cause de moi si nous n'avons pas d'enfant.

– Faut pas dire ça mon bon Lucien ! Un jour, le Seigneur intindra votre appel et vous donnero vot'part ed'bonheur.

– Que Dieu vous entende Marcelline !

Ils arrivèrent à la ferme où Fine les attendait avec les deux fillettes sur le pas de la porte. Elles allèrent heureuses, en courant au-devant d'eux. Lucien prit la petite Hélène et, après qu'il lui ait fait de grosses bises sur ses petites joues bien potelées, celle-ci resta dans ses bras, trouvant le refuge qui aurait dû être celui de son papa. Lucien partageait la même émotion que Marcelline, leurs yeux brillants de bonheur ne trompaient pas.

Fine fut heureuse également de voir cet homme attablé près de Marcelline, avec les deux enfants curieuses de voir un homme à la maison. Fine avait préparé un bon pot-au-feu. Lucien fut surpris :

– Vous avez la T.S.F. ? Vous en avez de la chance, vous pouvez écouter de la musique et vous êtes au courant de c'qui se passe à Paris !

– Oh vous savez Lucien, depuis que Fernand est parti à la guerre, je ne l'écoute que très rarement. Je n'ai pas l'envie d'el musique avec c'qui se passe. Mon cœur n'y est plus !

Fine répliqua :

– Tu n'devrais pas rester comme ça Marcelline ; Juliette et Hélène aimeraient bien écouter les chansons du poste et toi, tu as besoin aussi d'un peu de gaieté. N'faut pas vivre comme dans l'deuil !

– Pour sûr Fine, vous avez raison ; je trouve que Madame Marcelline ne doit pas rester dans la tristesse.

Juliette partagea l'avis de Lucien et ne se gêna pas d'en faire la remarque, trépignant sur sa chaise. Après avoir savouré le bon petit cœur d'Onvillers de Marcelline, Lucien éplucha une des belles pommes que Fine avait ramenées de son verger. Marcelline revivait avec la présence d'un homme dans sa maison. Elle ressentait en elle de nouveau sa vie de femme, effacée par les travaux pénibles des champs.

Fine servit le café ; Marcelline et Lucien portèrent leurs lèvres sur le bord de leur verre bien chaud, avec le regard brillant de ce moment de bonheur partagé.

Lucien se leva le premier de table, tel qu'aurait pu le faire Fernand s'il avait été là, pour rappeler la besogne qui attendait. Marcelline suivit comme un acquiescement au bien-être qu'elle ressentait.

Fine mit Juliette et Hélène au lit pour une petite sieste, elle s'empressa de préparer la pâtée pour Marquis qui, devant sa niche, s'était habitué à la présence de Lucien.

Marcelline et Lucien reprirent le chemin du Faÿ. Leur conversation se poursuivait sur le bonheur que vivait Marcelline avec ses filles et Lucien ne se gêna pas pour lui révéler l'admiration qu'il lui portait. Tout en marchant, leurs mains se frôlaient dans leurs mouvements. Une fois, puis une deuxième et de manière répétée qui, à chaque fois, leur procurait une sensation convergente. Lucien détourna cette dérive sentimentale :

– Vous savez Marcelline, plutôt que de débiter le gros tronc de cet arbre, vous pourriez le vendre à Marius à la scierie de Boulogne. Un fût pareil de cette longueur, bien droit et sans aucun nœud, je suis sûr qu'il vous en offrirait un bon prix. En plus, je n'ai même pas remarqué d'impact de balles de la guerre 14 ; y va en faire de beaux plateaux qu'il pourra revendre à chés ébénistes.

– Ça n'n'est un'bonne idée Lucien, ça m'ferait un peu d'sous mais je n'aurais point assez de bois pour mi ch't'hiver !

– N'vous inquiétez pas Marcelline, min père il a un tchiot lopin boisé dans le haut de Boulogne. Y n'verra aucun inconvénient à ce que j'abatte un vieil arbre décatie à moitié mort. Ça lui nettoiera s'in bois.

– Vous êtes bien gentil Lucien. Je ne sais comment vous remercier d'tout chlo.

– On va débiter toutes les branches de c'beau chêne qu'on va empiler sur le côté du chemin : on verra combien de stères on va en tirer. Tel qu'il est en bordure du chemin, Marius n'aura aucun mal pour enlever et hisser ce beau fût sur son chariot.

Marcelline et Lucien se mirent à l'aise pour débiter les tronçons qu'ils empilèrent. Ainsi, mesurant la longueur du tas, ils déterminèrent le nombre de stères accumulés.

Malgré le petit froid sec, avec un pâle soleil, de ce mois d'octobre 1941, Lucien ôta sa veste et releva sa casquette. Les manches retroussées et le col de chemise largement ouvert en faisait un homme fascinant. Marcelline préféra baisser les yeux pour ne pas succomber à ce qui la troublait. Elle aussi, dans l'effort, s'était légèrement mise à l'aise. Son tablier sur sa longue jupe dissimulait ses belles jambes. Elle avait à nouveau, laissé défaits les deux boutons hauts de son chemisier voulant ainsi affirmer sa féminité. L'un et l'autre, dans leur mouvement alternatif du sciage au passe-partout, communiaient d'une admiration qu'ils ne pouvaient affranchir.

Lucien revint le lendemain et ils terminèrent ce qui fit la provision de bois des premiers mois d'hiver pour Marcelline. Ils empilèrent douze stères qu'ils laissèrent sécher quelques jours, en attendant de les ramener à la ferme où ils seraient stockés à l'abri.

Lucien avait terminé sa mission : Marcelline soutira de sa boîte en fer un billet de cinquante francs :

– C'est bien trop Madame Marcelline ! Avec vingt francs, j'ai bin assez. Gardez donc pour vos petites filles. Pour mi ça va bien.

– Lucien, nous allons devoir nous quitter ; je n'sais comment vous remercier. Vous m'avez donné un fin bieu coup d'main. Sans vous, j'n'auro point eu tout ch'bois là pour m'chauffer ch't'hiver. Maintenant, faut qu'on s'quitte ; ma Juliette et Hélène s'étaient habituées à vous, j'en ai de la peine…

– Moi aussi Marcelline, c'était beaucoup de bonheur pour mi d'voir chés tchiotes-lo. J'are viendrai vous voir pour un petit bonjour aux fillettes et si vous voulez un autre coup de main, j'suis à votre disposition.

– C'est point de refus vous savez Lucien : y m'reste cor un reste de meule de la récolte d'blé dans ché Sablon qu'y faut que j'rentre à l'abri pour battre avant l'hiver.

– C'est quand vous voudrez Marcelline ; j'passerai vous voir la semaine prochaine et vous m'direz.

– Oh bin ch'te remercie Lucien !

Sans s'en rendre compte, Marcelline se mit à tutoyer Lucien, comme un appel du cœur. Lucien ne releva pas tel un baiser égaré d'un départ brutal.

La semaine passa. Marcelline n'avait toujours pas de nouvelles de Fernand. La guerre sévissait et les informations au poste n'étaient pas bonnes. Les allemands étaient partout. Ils étaient la crainte dans les villes comme dans les campagnes. Une armée de l'ombre s'était créée, sabotant des ponts et des lignes de chemins de fer pour repousser l'envahisseur. Un général de brigade avait rejoint l'Angleterre, condamné à mort par le gouvernement provisoire installé à Vichy. La résistance s'organisait, corrompant les ordres et les exigences de l'occupant.

Lucien tint sa promesse et rendit visite aux deux petites filles de Marcelline. Dès qu'elles l'aperçurent dans la cour, elles lui sautèrent au cou. Même Marquis aboya en tirant sur sa chaîne, reconnaissant celui qui apportait un peu de bonheur à la petite ferme. Marcelline sortit sur le pas de la porte comme au premier jour, essuyant ses mains sur son tablier ; elle aussi aurait peut-être bien voulu lui sauter au cou : elle n'avait cessé de penser à lui depuis huit jours.

– Ah bonjour Lucien ! Quel plaisir de vous r'voir parmi nous !

– Marcelline, lorsque je vous ai quitté la semaine dernière, vous m'avez dit : ch'te remercie Lucien ! Alors, ce serait plus simple comme ça, après tout !

– Mi j'veux bien mais ti aussi tu m'tutoies ?

– C'est avec plaisir ! Ça ne m'empêchera pas d'avoir du respect pour vous !

– Non pour ti ! D'accord ?

– D'accord !

Lucien entra dans la maison. Marcelline l'invita à s'asseoir et lui servit un verre de café. Il prit les deux petites sur ses genoux : il s'imaginait le père qu'il aurait tant aimé être. Marcelline acceptait cette substitution qui faisait le bonheur de ses filles qui étaient sans papa.

– Lucien, c'est l'beau temps à ch't'heure : veux-tu que nous fassions un'carrette d'bottes d'blé de ch'meule cet après-midi ? Ce sera toujours ça de rentré.

– Bah oui, je vais atteler Grisou à la charrette et je mettrai Coquet devant. A deux pour tirer l'charrette, ce sera bien ; on pourra la charger un peu plus.

– J'va conduire Juliette et Hélène chez Fine pendant ch'temps-lo.

L'attelage quitta la ferme et prit la direction des Sablons, vers Boulogne-la-Grasse. Ils traversèrent le village tranquillement, sans s'inquiéter des "qu'en-dira-t-on". Lucien était debout, tenant les rênes des deux chevaux qu'il menait bien, fier de sa nouvelle fonction de charretier. Marcelline était assise sur le côté, près de lui, regardant celui qui suppléait Fernand. Les gens du village n'avaient pas de mauvaises paroles. Ils comprenaient très bien les difficultés rencontrées par Marcelline pour maintenir sa petite exploitation. Seule sa belle-mère, Léone, qui habitait également le village, en face de la ferme, n'avait pas un regard tendre pour sa bru. Elle estimait qu'elle ne pouvait pas être capable de maintenir la bonne marche de la ferme seule, depuis le départ de Fernand. Belle-maman n'achetait pas les petits cœurs de Marcelline. Marcelline s'en sortait et ne demandait aucun recours à ses beaux-parents. Cette volonté rendait furieuse la vieille dame au dos voûté, qui entrebâillait sournoisement les rideaux de sa fenêtre de cuisine donnant sur la rue, pour surveiller les allées et venues de sa belle-fille.

Lorsqu'ils arrivèrent devant le reste de la meule de blé, ils ne perdirent pas de temps ; Marcelline souhaitait décharger la charrette et entreposer la récolte sous la grange, avant la nuit. Ils placèrent l'attelage devant la meule. Lucien grimpa sur celle-ci pour passer les bottes à Marcelline qui resta sur la charrette, connaissant la manière de les placer.

Marcelline trouvait que Lucien s'y prenait très bien et maintenait une bonne cadence. Sans qu'ils aient fait une seule pause, la charrette se trouva largement remplie. Marcelline était perchée sur le haut et Lucien dut faire un gros effort pour lui balancer les dernières bottes qu'elle plaça difficilement. Puis, pour redescendre, elle se laissa glisser le long du chargement ; sa jupe se releva, retenue par la paille au passage, freinant ainsi sa chute. Lucien arriva trop tard pour la retenir ou la saisir dans ses bras, mais il aperçut ses belles cuisses que des bas recouvraient au-dessus des genoux et qui lui laissèrent la révélation d'une nudité qu'il ne put éviter du regard.

Marcelline arrima la cargaison de paille avec une grosse corde de chanvre qui la bloqua pour le transport et ils s'en retournèrent. Arrivés sous l'auvent de la grange dans la cour de la ferme, ils inversèrent les postes de travail. Lucien monta sur la charrette et Marcelline réceptionna les bottes qu'elle amoncela au mieux pour obtenir un empilage compact.

Lorsque Lucien balança les dernières bottes, la journée était déjà bien avancée. Marcelline voulait à tout prix terminer l'engrangement avant la nuit. Elle demanda à Lucien de la rejoindre en haut du tas de paille pour l'aider à lui passer les dernières bottes à placer sur l'arrière. Ils terminèrent dans la demi-obscurité. Le travail achevé, elle regagna le devant de la grange et, passant devant Lucien, Marcelline ne prit pas garde : un trou s'était formé entre des bottes de blé. Elle perdit l'équilibre et Lucien la saisit de justesse pour éviter sa chute en l'entourant par la taille. Marcelline se raccrocha à lui comme à un sauveur. Il ne lâcha pas prise n'étant pas assuré, dans l'obscurité, du rétablissement de Marcelline. Cet enlacement fut providentiel : Marcelline n'eut pas l'instinct de se ressaisir pour se dégager de cette emprise, qui aurait pu faire penser à un geste déplacé de la part de Lucien. Elle ferma les paupières, semble-t-il soulagée de la chute évitée, mais aussi parce qu'une forte émotion s'empara d'elle. Elle ne se libéra pas des bras qui l'entouraient, l'enveloppant dans un bien-être oublié. Pas un mot ne vint troubler cette pénombre favorable. Est-ce un léger courant d'air, qu'elle ressentit subitement qui la couvrit de frissons ? Elle se lova dans les bras de Lucien qu'elle sentit se resserrer au travers de son chandail. Elle les caressa inconsciemment, ne sachant se déposséder de ce moment de bonheur d'être dans les bras d'un homme. Elle tournait le dos à Lucien et sentit dans son cou la chaleur de sa respiration haletante. Puis, comme un aboutissement attendu, ses lèvres se posèrent sur sa peau. Elle lui serra fortement les bras comme un consentement et elle amorça lentement un demi-tour. Ils se retrouvèrent face à face et succombèrent dans un interminable baiser. Elle passa la main derrière la nuque de Lucien pour mieux le saisir, voulant savourer la révélation des rêves qu'elle faisait ces derniers temps pendant ses nuits de solitude.

Il était déjà 18 heures. Marcelline avait perdu subitement toute notion de l'heure et des travaux qu'il restait à faire. Elle oublia la traite de ses vaches et ses deux petites filles qui l'attendaient. Elle ne voulait pas quitter ces sensations d'amour qui renaissaient en elle. Ils cherchèrent à dissimuler leur enlacement amoureux. Marcelline suivit Lucien et ils s'effondrèrent lentement dans la paille. Dans l'obscurité, Marcelline se retrouva allongée, enlacée par Lucien. Il dégagea sa chevelure pour admirer la beauté de son visage qu'il ne cessa de couvrir de baisers. Il lui caressa le cou et apprécia la douceur de sa peau. Marcelline, après avoir défait un à un les boutons de la chemise de Lucien, glissa une main audacieuse sur son torse nu. Lucien ne résista pas. Il déboutonna à son tour le chemisier de Marcelline et embrassa sa superbe poitrine avec fougue. Elle exhortait de son corps des convulsions de plaisirs oubliés depuis trop longtemps. Elle s'accrochait à Lucien avec un tel désir de possession, que ses ongles rentraient dans ses larges épaules musclées. Devant une telle excitation, il remonta sa longue jupe et il put caresser ce qu'il avait entrevu lorsqu'elle sauta du chariot. Le temps pressait et l'aboutissement souhaité par l'un et l'autre ne pouvait attendre. Malgré la rugosité de la paille de ce nid d'amour, Lucien fit basculer les bretelles de son pantalon qu'il fit glisser sur ses gros souliers ; Marcelline se dénuda et s'offrit à Lucien dans l'accomplissement de leur amour dérobé. Mêlant la douceur à sa force, Lucien conduisit Marcelline vers les sensations d'exaltation que son corps avait oubliées.

Comblés, ils restèrent quelques instants immobiles dans leur bonheur commun. Ils prolongèrent leur échange de baisers et, lentement, Marcelline retrouva ses esprits qui la ramenèrent à plus de raison. Elle lui dit :

– Lucien, tu m'as rendue fin heureuse tu sais ! Surtout faut qu'personne l'sache. L'faudrait pas pour t'femme aussi !

– Non, t'inquiète pas Marcelline ; ça restera entre nous et il faudra faire attention à ce que personne ne nous voit. N'en parle pas à Fine, on ne sait jamais : la méchanceté ou la jalousie ça peut faire beaucoup de mal !

– Lucien ça n'restera qu'un secret entre nous, mi j't'aime bin min Lucien. J'va m'dépêcher à ch't'heure pour traire mes vacques. Elles m'attendent, j'les entends meugler dans ch'l'étable.

Marcelline et Lucien quittèrent la grange. Ils se firent un dernier baiser qui ne devait pas être celui d'un adieu. Lucien dételа Grisou et Coquet qui avaient attendu patiemment sous l'auvent. Il leur donna leur ration du soir et s'empressa de reprendre sa bicyclette. Il débloqua la dynamo sur la roue arrière pour un timide éclairage dans l'obscurité totale de la grande rue d'Onvillers. Marcelline s'empressa de rejoindre ses vaches sans rendre visite à Fine et à ses filles. Compte tenu du retard, Fine aurait pu poser tout de suite les questions d'inquiétude ou de curiosité… Mais elle ne tarda pas à rejoindre Marcelline à l'étable :

– T'es donc là ? Avec Juliette et Hélène, on pensait qu'tu serais passée nous voir avant la traite ?

– Mi j'éto in retard. Avec ch'Lucien, on a voulu terminer d'engranger toutes chés bottes ed blé avant l'nuit. Chés vaques elles n'pouvaient point attendre ! Hein !

– Oui je te comprends très bien Marcelline ; et puis même si tu as passé un peu plus de temps avec Lucien, ça n'me regarde point tu sais !

– Ecoute Fine, ti sais bin qu'on n'se cache rien toutes les deux, ch'ti diro tout d'main.

– Oh ! Marcelline je sens quelque chose entre vous deux !… De toute façon, avec un garçon pareil, mi à t'n'âge j'sais très bien c'qui se serait passé !…

– T'inquiète pas Fine, j'ti diro tout.

Fine retourna à la cuisine où ce soir-là, elle prépara le souper. Marcelline termina de traire ses trois vaches et mit dans la buanderie le bidon de lait qu'elle prévoyait de barater le lendemain. Puis, elle rentra à la maison, peut-être un peu plus fatiguée que d'habitude. A la fin du souper, après avoir couché les deux fillettes, Fine et Marcelline se mirent sur le côté de la cuisinière, près de la grille ouverte et, Marcelline lui relata son point de chute dans les bottes de blé et tout ce qui suivit. Elles avaient confiance l'une envers l'autre et demeuraient complices.

– Ecoute Marcelline, j'te comprends très bien ; faut pas qu'tu t'sentes coupable, t'es cor jeune et le temps passe. Ch'Lucien, c'est quand même un fin bieu garchon, courageux et bin gentil. Mi j'auro fait comme ti.

VIII

Ce mois de décembre 1941, bien qu'ensoleillé, était particulièrement froid. Le thermomètre stagnait tous les jours autour de moins cinq. Il y avait peu d'activité au village. Un fil de fumée montait à la verticale des cheminées des maisons vers le ciel bleu. Marcelline, comme chacun, avait sa réserve de bois, et la vie s'écoulait au chaud devant les cheminées ou les cuisinières. Elle demeurait sans nouvelles de Fernand. Elle s'était résignée à cette attente, la guerre n'en finissait pas. Lorsqu'il lui venait l'envie d'allumer sa T.S.F, c'était toujours pour entendre de mauvaises nouvelles. A Paris, cent otages furent fusillés par les allemands, ainsi qu'un ancien journaliste, député communiste, Gabriel Péri. La guerre s'étendait dans le monde. Toutes les grandes nations étaient impliquées l'une contre l'autre, jusqu'aux japonais contre les chinois, les Etats-Unis et le Royaume-Uni contre le Japon. La radio annonça l'attaque japonaise sur Pearl Harbor. Le gouvernement thaïlandais permit aux troupes japonaises de traverser le pays pour débarquer sur la côte de la Malaisie britannique. Tout ceci se passait pourtant très loin du petit village de Picardie, mais l'inquiétude n'était pas écartée.

Dans le Nord-Pas-de-Calais, les mineurs étaient en grève ; le charbon circulait mal, tout le monde avait recours au bois pour se chauffer et pour faire cuire la soupe du jour avec les légumes du jardin. Marcelline ne se plaignait pas, elle comptait ses sous : elle dépensait peu. Avec ses volailles et le cochon qu'elle allait bientôt tuer, elle avait les réserves pour faire face à la pénurie que connaissait les gens des villes. Son commerce de produits laitiers garnissait peu à peu sa petite réserve, dissimulée dans la boîte à masque à gaz à la cave.

Lucien vint régulièrement rendre visite à Marcelline et même un peu trop souvent pour sa belle-mère dissimulée derrière les rideaux de sa cuisine. Elle guettait ses passages et comptabilisait le temps qu'il passait chez sa belle-fille. Dans le village, Lucien ne manquait pas, pour justifier sa présence, d'exposer ses activités pour la ferme de Marcelline. Un jour, il conduisait Grisou attelé à un tombereau de fumier pour le rependre dans un champ. Ou bien une autre fois, il passait avec Coquet et une herse montée sur son support à trois roues métalliques, il ne passait pas inaperçu. Lucien était un homme très actif à la ferme et Fine savait quand il fallait venir chercher les gamines. Elle se réjouissait pour Marcelline, devinant ce qui suivait dans le bon lit rapidement réchauffé. Fine n'était pas en reste également : Marcelline connaissait les après-midi d'une nouvelle lessive…, pendant lesquelles Fine ne pouvait garder les deux fillettes.

L'hiver se prolongeait ; les allemands n'étaient pas revenus à Onvillers. Les semaines s'écoulaient, ponctuées par la messe dominicale dans la petite église restaurée suite aux bombardements de la grande guerre. Monsieur le curé avait toujours, lors de ses sermons, une sainte parole que chacun recueillait religieusement mais qui finissait toujours par s'estomper dans le quotidien des jours suivants. Mais qu'importe, ses paroles, du haut de sa chaire, résonnaient dans le silence de son auditoire respectueux. Pour Fine et Marcelline, elles étaient ressenties comme un rappel à leur bonne conduite ; mais elles trouvaient toujours, arrivées chez elles, le consentement divin qui pardonnait leurs péchés.

L'hiver n'était pas encore terminé et la réserve de bois de Marcelline diminuait. Si elle avait bien vendu le magnifique tronc de son chêne à Monsieur Marius de Boulogne, il n'en demeurait pas moins qu'elle ne pouvait pas finir l'hiver avec le reste. Lucien lui avait promis d'y pourvoir, en allant couper un arbre en mauvaise croissance dans le bois de son père, dans le haut de Boulogne. Aussi, un jour elle le lui rappela :

– Dis donc m'in Lucien, j'n'aurai point assez de boé pour finir chés grands froids et y faut que j'fasse bouillir m'marmite aussi.

– Mais pas de problème ma Marcelline, je te l'avais promis, la semaine prochaine, je m'y attèle.

– Veux-tu que j'y vienne ti donner un coup de main ?

– Non, pas la peine, j'en ai déjà repéré un beaucoup moins gros qu'cclui du chemin du Faÿ qu'on a coupé. J'm'en sortirai très bien tout seul. J'demanderai à min tchiot voisin Julien d'm'aider.

– Sois prudent min Lucien, je ne voudrais point qu'il t'arrive un acchidint.

– T'inquiète pas, j'ai l'habitude. Dès que j'aurai tout coupé, je t'emprunterai la grande charrette et je te ramènerai tout à l'ferme.

– T'o vas m'coûter combien min Lucien ?

– Rien, un petit sou pour montrer à l'Jocelyne que je ne fais pas cela pour tes beaux yeux. Mais surtout un gros baiser, comme ti sais si bien m'les faire.

– Ah t'es bin gentil min Lucien, vraiment j'en n'ai d'el bonheur avec ti.

Après avoir reçu le consentement de son père, la semaine qui suivit, Lucien partit très tôt le matin, la hache sur l'épaule, accompagné du petit Julien qui lui, portait le litre de vin coupé d'eau avec le casse-croûte de 10 heures.

Dès qu'ils arrivèrent sur place, Lucien montra à Julien l'arbre à abattre : un frêne qui avait poussé de travers, faute de clarté, gêné par un boisement trop dense :

– C'est c'ti lo, Julien !

– Mais il est tout de travers ! Et en plus, on dirait qu'il est mort ch't'arbre !

– Oui mais le bois est bon à brûler et qu'importe s'il est de travers !

– Oui mais Lucien va falloir faire très attention quand il va tomber !

– Bien sûr, mais j'en fais mon affaire ; tu verras, on'n'a pas pour longtemps.

Lucien se mit donc en place ; il rechercha le sens du vent et l'emplacement souhaité pour la chute de l'arbre. Après avoir situé la trajectoire entre deux autres frênes, il repéra l'angle de coupe qui orienterait l'arbre à abattre entre deux autres, à proximité. Il déposa sa veste de velours sur la souche d'un gros chêne, vestige d'une récente coupe et hors d'atteinte de celui à abattre. Il demanda à Julien de s'y asseoir et de ne pas bouger.

Après avoir crachouillé dans ses mains, Lucien empoigna la grosse hache qu'il projeta avec élan sur le tronc. Il avait commencé une première saignée côté chute, comme pour le chêne de Marcelline, puis il s'attaqua à la deuxième pour affaiblir sa base et provoquer le déversement.

Le petit Julien, en spectateur, avait le regard dirigé vers la cime de l'arbre. Il était en admiration devant la précision et l'efficacité des coups de hache de Lucien.

Soudain, un premier craquement donna l'alerte. Lucien s'écarta aussitôt et le petit Julien se mit à crier de joie :

– Ça y est, il part, bravo Lucien ! Mais… Attention !…

Recule-toi Lucien ! Vite, attention !… Attention Lucien ! Lucien ! Lucien ! Min Lucien ! Ch'Lucien ! Ce n'est pas possible qu'é malheur !…

Dans sa chute l'arbre percuta un arbre voisin. La trajectoire fut déviée et le tronc se déporta sur Lucien qui ne put l'éviter. Il se retrouva projeté à terre et bloqué sous la masse du tronc de l'arbre. Le petit Julien ne pouvait avoir la force de dégager celui qu'il aimait tant accompagner. Il pleurait :

– Min Lucien t'es pas mort ? Réponds-moi Lucien, réponds-moi !

– Ah !… Julien j'ai mal, j'ai mal Julien ! Vas vite voir Jocelyne, fais-vite !

– Ne bouge pas Lucien je cours au village prévenir Jocelyne.

Julien dévala à toutes jambes la pente du sentier qui le conduisait aux premières maisons. En pleurs, affolé, il criait. Ses galoches de bois martelaient le sol de la chaussée et ses cris firent sortirent les gens des maisons à son passage :

– Ch'Lucien, il est écrasé par un arbre, y va mourir, faut vite venir ! Faut prévenir m'sieur le maire !

– Bah min Julien quoique c'est-y qu'tu racontes ?

– Faut venir, pour soulever l'arbre pour dégager Lucien !

– Qu'é malheur, vas vite voir Jocelyne pour la prévenir, j'vais aller chercher du monde ! J'vais aller chercher le père Tanton et ch'Léon, à eux deux et nous autres, on va l'dégager.

Le petit Julien traversa tout le village en hurlant son désespoir. Il arriva chez Jocelyne essoufflé, il avait du mal à parler :

– Joce… lyne ! Jocelyne ! Y a… Y a un malheur, t'n'homme il est coincé sous ch'l'arbre qu'il a coupé, en tombant…

– Mon Dieu seigneur Jésus, c'est ti vrai c'que tu me dis ?

– Bin oui, ch'l'arbre il est mal tombé et Lucien l'a pris dessus.

– Est-ce qu'il est blessé ?

– Bah, y parle, mais il m'a dit qu'il avait fort mal ! Faudrait appeler ch'docteur, à mon avis il a des os d'cassés.

– J'appelle tout de suite le docteur Puissand pour qu'il vienne. Remonte au bois, demande de l'aide, j'arrive tout de suite.

Le gamin avait affolé tout le village. Il repartit aussitôt. Une quinzaine de personnes le suivait et accompagnait sa foulée. Les uns avec des rondins, des pelles, des pioches, des barres de fer et d'autres avec des chasses-roues de charrettes. Tout ce monde, comme une armée de secours, suivait le petit Julien ;

il les conduisit sur le lieu du drame. Lucien avait perdu connaissance. Le père Tanton et Léon se penchèrent sur lui : il respirait encore.

Léon prit la direction des opérations pour dégager l'arbre, sans atteindre Lucien. Léon et le père Tanton se mirent près de lui et avec précaution, ils glissèrent les rondins de bois et les barres de fer en-dessous du tronc. Lorsque Léon donna le signal, ils soulevèrent tous ensemble l'arbre d'un même élan. Germaine la boulangère et madame Tanton s'empressèrent de dégager Lucien de son emprise, en le faisant glisser sur le côté. Ensuite, les hommes reposèrent la lourde charge avec douceur.

Le père Grégoire venait juste d'arriver avec sa voiture à bras. Formant un semblant de brancard, ils confectionnèrent des attelles avec de petites branches de l'arbre, puis, ils placèrent le blessé, avec beaucoup de précautions sur la charrette. Lucien n'avait toujours pas repris connaissance. Chacun avait défait un habit pour le bloquer, le réchauffer ou lui apporter un peu de confort. Le père Grégoire reprit les bras de sa charrette, passa la sangle sur son épaule et descendit lentement le chemin caillouteux qui menait au village. Tout le petit monde des sauveteurs suivait la carriole en silence, attristé, semblable à un cortège funèbre. Les curieux sortaient de leur maison pour les regarder passer avec une parole bienveillante mais tous avaient l'espoir que Lucien s'en sorte.

Jocelyne avait préparé le lit de la chambre pour accueillir Lucien. Le médecin avait été prévenu et devait arriver d'un instant à l'autre. Les brancardiers improvisés mirent en place Lucien sur le lit avec beaucoup de précautions. Lucien semblait s'éveiller. De temps en temps, ses yeux s'ouvraient et un râle de douleur confirmait qu'il retrouvait peu à peu conscience. Le médecin arriva, il gara sa Torpédo devant la maison et s'empressa au chevet de Lucien. Jocelyne remercia chaleureusement ceux qui avaient participé au secours. Le petit Julien était resté pour expliquer au docteur les circonstances de l'accident. Celui-ci lui répondit :

– Mon p'tit gars on peut dire que tu as sauvé la vie de Monsieur Lucien : sans toi, personne n'aurait pu venir à son secours !

– C'est normal Monsieur le docteur, mi j'l'aime bin Ch'Lucien !

Le médecin ausculta le patient. Son état était inquiétant, il avait sûrement des côtes cassées et plusieurs fractures au bras droit.

– Il faut appeler l'ambulance de l'hôpital de Montdidier pour le faire hospitaliser. Il faut qu'il passe une radioscopie pour localiser les fractures. La tête n'a pas été atteinte, c'est une bonne chose. Je pense qu'il s'en sortira mais ce sera sûrement long.

– Vous croyez docteur ? Mais qu'est-ce que j'vais faire sans Lucien !

– Ne vous inquiétez pas ; apparemment il n'y a pas d'hémorragie interne mais il a quand même été bien sonné.

De la cabine téléphonique, on appela l'ambulance et le docteur Puissand fit une injection intraveineuse dans le bras de Lucien pour calmer ses douleurs. Il resta près de lui jusqu'à l'arrivée de la petite camionnette à croix rouge pour assister son embarquement. Lucien reprit peu à peu ses esprits. Avant de partir, Jocelyne lui fit une bise sur le front. Le petit Julien se hissa sur la pointe des pieds du haut de ses dix ans et l'embrassa également sur la joue. A ce moment-là, Lucien ouvrit les yeux brillants de larmes qu'il ne put contenir et, d'une voix venant du fond de sa gorge, il lui dit :

– Merci min tchiot ! Min fiu.[16]

Lucien dut rester hospitalisé pendant plusieurs semaines, jusqu'à son rétablissement. Ses multiples fractures se consolidèrent mais son bras droit, qui ne répondait plus, demeura paralysé. Marcelline apprit la nouvelle de l'accident quelques jours après par le boulanger. Personne à Boulogne n'avait fait le rapprochement sur le fait que cet accident était survenu pour lui rendre un service, mais elle culpabilisa :

– Je n'aurais pas dû le laisser faire ça, c'est de m'faute. Je n'aurais pas dû vendre le tronc à la scierie, c'est d'm'faute. J'l'aime bin min Lucien. Demain, j'va aller à Montdidier à vélo pour lui rendre visite.

Le lendemain, elle se présenta à l'hôpital. Elle fut surprise de voir des soldats allemands devant les grands bâtiments de briques rouges. Elle se rendit à la salle des blessés où des soldats allemands étaient également soignés. Lucien était au milieu d'une grande salle ; de part et d'autre de l'allée centrale, une douzaine de lits étaient alignés. Au pied de chaque lit se trouvait le graphique des températures. Matin et soir, la sœur coiffée de sa large cornette tendait le thermomètre aux blessés, puis inscrivait ce qui faisait les pics et les creux les creux de la courbe.

Marcelline ne fit qu'une simple bise sur la joue de Lucien. Celui-ci apprécia sa visite. Dès qu'il retrouva

---

[16] Mon fils !

ses esprits, ses pensées ne furent que pour elle. Discrètement, elle lui tenait la main sur le bord du lit, ce qui suffisait comme échange de leur amour. Elle la lâchait dès que la sœur passait dans l'allée. Les visites terminées, vers seize heures, elle lui refit un dernier baiser sur la joue qu'elle prolongea légèrement marquant ainsi son amour. Elle reprit sa bicyclette et rentra à Onvillers.

Toujours sans nouvelles de Fernand depuis plus de deux ans, elle se résignait à son absence, mais gardait en tête son retour sans jamais désespérer. Elle s'était si bien organisée, que ces longs mois sans lui à la ferme ne semblaient plus l'accabler dans son travail quotidien. Elle avait pourvu aux indispensables de ses journées. Sa ferme était un exemple de propreté et les travaux des champs n'avaient aucun retard. Certains admiraient son courage et sa ténacité, d'autres lui jetaient la vilénie par jalousie, la soupçonnant, sans preuve, de malversation de sentiments pour tirer des profits.

Marcelline ne donnait pas la vision d'une femme légère. Son regard restait droit et ne s'attardait pas sur les hommes, même pour les plus charmeurs qui auraient perçu en elle une opportunité. Marcelline en femme honnête, attendait celui qu'elle aimait, son Fernand.

Ses deux petites filles, en partie prises en charge par Fine, étaient toujours très propres et ne manquaient pas de dire bonjour aux visiteurs ou aux clients de la petite laiterie de Marcelline, sans qu'elle n'ait besoin de les rappeler à l'ordre.

Marcelline masquait une seconde tristesse qui obscurcissait son visage : Lucien. Elle ne pensait qu'à lui. Elle se sentait responsable de l'accident. Sa présence à la ferme manquait et laissait un vide pour l'accomplissement de nombreux travaux. Mais surtout, seule depuis plusieurs années, Marcelline, jeune femme, avait vécu un regain de bonheur et d'amour avec lui. Elle se retrouvait plongée dans la solitude mêlée à de nombreux remords : d'abord celui d'avoir accepté de Lucien cet appoint de bois mais également d'avoir cédé à son amour.

Fine restait très présente et comprenait le chagrin d'amour qu'elle ne voulait pas lui confier. Marcelline et Lucien avaient vécu un amour clandestin avec l'ardeur très forte de ces instants de bonheur volés. Fine et monsieur Duchaussoy en connaissaient la teneur qu'ils faisaient perdurer depuis plusieurs années. Marcelline se confia à Fine et lui libéra sa culpabilité. Marcelline reprit ses activités, menant ses chevaux pour les travaux des champs et poursuivant également sa petite production de beurre et de fromages.

Cinq semaines s'étaient écoulées. Lucien était toujours à l'hôpital. Marcelline prenait régulièrement de ses nouvelles, en achetant son pain lors de la tournée du boulanger de Boulogne. Elle ne pouvait pas se rendre de nouveau à l'hôpital, ne voulant pas éveiller de soupçons mais surtout, avec la crainte de rencontrer Jocelyne.

L'arbre de Lucien resta au sol, personne n'osa s'y aventurer comme une malédiction. Marcelline dut acheter du bois à monsieur Laribeaudière qui lui fit un bon prix, vu les difficultés qu'elle rencontrait pour mener sa ferme et qu'elle paya en plusieurs fois.

IX

Marcelline apprit par le boulanger que Lucien était sorti de l'hôpital le samedi 14 février 1942. Il était bien rétabli mais son bras droit resterait paralysé à vie. Le lendemain, il se rendit avec son épouse à la messe de 11 heures pour prier et pour se faire pardonner ses fautes. Ce jour-là, il salua les nombreuses personnes du village qui étaient heureuses de le revoir. Monsieur le curé, dans son homélie, fit allusion à l'accident de Lucien en évoquant la grâce de Dieu à aider ceux qui souffrent. Tout le monde pria pour que Lucien recouvre l'usage de son bras. Il ne retourna pas à Onvillers. En homme très pieux, il avait le sentiment qu'il avait péché avec Marcelline et qu'il s'en retrouvait puni.

Cela faisait quatre mois que Lucien avait rencontré Marceline à la ferme. Quatre mois qu'elle ne vit pas passer avec l'accident et qui s'écoulèrent remplis par le besoin de son travail quotidien. Comme un rappel à l'ordre, un matin au réveil, elle se rendit compte que sa tête tournait et qu'elle avait envie de vomir. Une absence qu'elle ne soupçonnait pas l'inquiéta :

– Mais cela fait plus de deux mois que j'n'ai point mis de petite serviette ? Non dé diou !… J'n'serais t'y pas cor prise à ch't'heure ? Faut qu'j'aille vouèr Fine.

Ses deux petites filles dormaient encore, Marcelline en profita pour aller frapper à la porte de Fine.

– Fine ouvre moi, c'est mi j'o un gros problème !

– Mais que se passe-t-il Marcelline pour venir si tôt, t'as eu de mauvaises nouvelles de Fernand ?

– Oh m'en parle pas, j'ai encore un malheur qui m'arrive !,

– Mais quoi donc à ch't'heure ?

– J'crois bin qu'chu encheinte à nouveau ! Je n'ai point eu d'règles depuis plus d'deux mois et j'ai les mêmes symptômes que pour les tchiotes !

– Ecoute Marcelline, il ne faut pas perdre de temps, j'vais aller voir pour trouver ches herbes qu'il nous faut. J'viendrai t'voir avant midi.

– Mon dieu qu'é misère à ch't'heure.

Marcelline retourna auprès de ses petites filles qui venaient tout juste de se réveiller. Elle était pensive, elle ne comprenait pas. Lucien lui avait pourtant dit qu'avec Jocelyne, ils ne pouvaient pas avoir d'enfant. Il affirmait même qu'elle prétendait que c'était lui qui n'avait pas la bonne semence. Mais alors ? Elle plaça ses deux mains sur son ventre et ferma les yeux : que faire ? Lucien aurait tant aimé avoir un enfant… Marcelline était affolée. Elle se trouvait devant un cas de conscience qu'elle ne savait résoudre : garder l'enfant qui ferait tant plaisir à Lucien mais qui désavouerait Jocelyne et qui serait aussi l'enfant de la honte qui s'abattrait sur elle et sur Fernand… Marcelline qui était une jeune femme qui ne pleurait pas facilement fondit en larmes. Ses deux petites filles la regardèrent et Juliette lui posa la question :

– Mais maman pourquoi pleures-tu ? Tu as mal où maman ? Tu dois avoir beaucoup mal, parce que je ne t'ai jamais vu pleurer comme ça. Je croyais qu'une maman ça ne pleurait pas !

– C'n'est rien ma petite Juliette, j'ai mal à min cœur et ça m'donne mal dans min ventre. Mais c'n'est point grave. Fine va m'donner un bon remède et ça ira mieux après.

Encore une fois, Fine allait venir à son secours. C'était une femme réfléchie qui avait le remède à de telles douleurs. Marcelline alla traire ses trois vaches. Assise sur son petit trépied, le seau métallique entre les genoux, elle tirait les bonnes giclées de lait qui remplirent son seau. Elle n'arrivait pas à faire cesser son chagrin. Elle ne prenait pas garde aux larmes qui gouttaient dans le lait. Après chaque seau rempli, elle sortait son grand mouchoir à carreaux s'essuyait les yeux.

Il lui fallait prendre une décision. Garder l'enfant ou recommencer l'horreur dont elle percevait encore les douleurs. Un enfant de Lucien, le bonheur de Lucien… Au fond d'elle-même, elle l'avait aimé et cet enfant n'était qu'un enfant de l'amour ! Mais alors ! Que vont penser les gens du village ? se disait-elle. Et puis cette belle-mère qui l'épie sans arrêt en ferait des gorges chaudes pour l'humilier, faisant ressortir la honte et le déshonneur pour Fernand. Marcelline tira le dernier seau de lait et sécha ses larmes ; une ferme décision prit le dessus sur son chagrin.

En fin de matinée, Fine revint et posa sur la table son panier plein d'herbes pour la préparation du bouillon de culture qu'il fallait faire mijoter, dès que les petites filles seraient couchées. Marcelline ne fût guère bavarde pendant le déjeuner qui suivit. Fine, comme à son habitude, la réconfortait et la mettait en confiance :

– Tu sais Marcelline, ce n'est qu'un mauvais moment à passer ; c'est l'affaire de deux ou trois heures, tu te souviens et après t'es tranquille !

– Oui j'sais bin Fine, t'es gentille d'te soucier d'mi. Encore une fois j'ai fauté et je suis punie. Ce que j'ai fait, c'est un péché et le Seigneur ne me pardonne point. Fine, écoute, j'ai honte pour mi mais surtout pour min Fernand qui lui est prisonnier sûrement ; je l'avio trompé. Fine, je n'effacerai point m'faute. Je garde ch't'enfant. Je subirai l'humiliation même si c'est un calvaire. Je porterai ma croix l'temps qu'il faudra.

– Marcelline, je respecte ton choix. J'n't'en veux point. J'connais ces décisions qui ne sont pas faciles à prendre. Je t'aiderai Marcelline, je pardonne tes fautes. Nous sommes des femmes, le bon Dieu nous a donné un corps dont nous ressentons les frissons qui font de nous des victimes, nous ne sommes pas des pierres. Nous avons agi telle que la nature nous a faites. Pourquoi n'aurions-nous pas le droit d'aimer ? Ton amour pour Fernand s'est estompé depuis près de trois ans sans nouvelles. Son absence et ce silence t'ont fait ressentir ce dont une femme de 28 ans a besoin : aimer et être aimée. Tu n'as pas commis de faute Marcelline, tu as aimé entraînée par la générosité de ton cœur.

– Oui tu as raison Fine, mais il y a aussi que je ne veux point effacer l'enfant que Lucien désirait tant. D'toute façon, je ne lui diro point. Je ne veux pas faire de mal à sa Jocelyne. Je n'veux point détruire leur bonheur. Lucien aura un enfant que je cacherai et, p't-être qu'un jour…

– Tu es bonne Marcelline, Je serai là pour t'aider à supporter les affronts des voisins et aussi de ta belle-mère.

– Oh celle-là, elle ne m'a jamais bin aimé ! J'va li apporter d'l'eau à chin moulin avec ch't'enfant…

Fine sortit son panier maudit et elle alla l'enfourner dans les clapiers des lapins. Elle retourna auprès de Marcelline et ensemble, elles envisagèrent la stratégie à adopter pour retarder l'éveil des ragots ravageurs.

La première décision prise fut le silence absolu, puis, détourner les propos de curiosité : Marcelline continuerait encore quelques mois ses activités, elle porterait des vêtements amples pour dissimuler les doutes possibles et pour aller à la messe, elle endossera sa grande cape noire. Dès le cinquième mois, elle devrait se faire invisible jusqu'à la naissance. Fine prit la décision de recevoir les personnes qui viendraient à la ferme ; elle assurerait le petit commerce de sa crémerie. Pour les gros travaux des champs, Fine en parla à Monsieur Duchaussoy, avec lequel la confiance était garantie. C'est lui qui prendrait en main les gros travaux des champs. Seulement, il fallait donner une raison à cette disparition. La maladie ! Mais quelle maladie ? Une maladie qui obligerait à garder la chambre. Fine trouva : elle se souvint qu'une année, elle fut sans visite de Monsieur Duchaussoy pendant plusieurs mois à cause d'une grosse sciatique qui le plaquait au lit.

– Marcelline, j'ai trouvé ! Tu vas rester dans ta chambre : tu as une grosse sciatique, tu ne peux plus marcher. Pour le reste, je m'occupe de tout avec Monsieur Duchaussoy. Ce sera un plaisir pour nous deux de se rencontrer chez toi, sans se cacher.

– Fine, encore une fois t'es bin bonne pour mi, que l'Seigneur te bénisse avec tin Duchaussoy.

Le plan semblait au point. Les gens du village se posaient quelques questions sur le fait que Marcelline ne prenait plus son pain à la camionnette du boulanger, ni ses quelques provisions habituelles à l'épicier qui passaient toutes les semaines. Fine avait bien répandu le message, ou plutôt la maladie, qui l'obligeait à rester coucher. A vrai dire, on plaignait Marcelline :

– Qu'é pauv'fille ! A n'n'a vraiment pas d'chance, avec sin mari à la guerre, ses deux p'tites filles à prendre soin et ch'ferme à s'occuper. Heureusement que Fine est présente pour s'occuper d'elle. A c'qui parait que l'Duchaussoy y z'y donne un coup main. Mais qu'est-ce-qui vient donc y faire ch't'homme à sin âge ?

– Que veux-tu ma bonne Roseline ! Des hommes jeunes y n'n'a point à ch't'heure. T'as bin vu c'qu'est arrivé à ch'pauvre Lucien d'Boulogne. Il avait travaillé un temps pour Marcelline à l'ferme, y z'avait l'air fin bien tous les deux ; on aurait même pu penser des choses à les voir ensemble.

– Oh non !... Pas Marcelline quand même, c'est un'jeune femme bin méritante, hein !

Les ragots allaient quand même bon train. Tout ceci intriguait. La disparition de Marcelline, obligée de garder la chambre si longtemps pour une sciatique… On n'avait pas vu venir le médecin et ce monsieur Duchaussoy avec Fine à la ferme ? Pour Léone, sa bru n'était qu'une fainéante. Sa maladie n'en n'était sûrement pas une. A la messe du dimanche, les propos de la vieille dame faisaient des émules :

– C'est quand même bizarre ch'te maladie lo ? On n'reste point coucher sans se lever quand même ? Et ch'docteur Puissand qu'est-ce qu'il dit ? On n'l'a point vu.

Les mois passaient, tout allait pour le mieux à la ferme. Le couple Fine-Duchaussoy y trouvait une bonne entente et sûrement plus… le travail ne manquait pas ; la traite des vaches, les volailles et même le cochon bien gras qui attendait pour passer au saloir. La moisson était bien avancée, les bottes de blé étaient en tas dans les champs. Ce mois d'août était très ensoleillé. La belle-mère ne quittait pas sa fenêtre, intriguée et même colérique de ne plus voir sa belle-fille. « J'vas aller voir qui ch'y passe dans ch'maison mi », répétait-elle sans cesse.

Un matin, Marcelline sentit que le moment attendu approchait. Lorsque Fine arriva, elle lui fit part des douleurs qu'elle ressentait. Fine ayant connu à deux reprises la procédure qui allait suivre, prit immédiatement l'initiative d'aller à la cabine téléphonique pour appeler le docteur Puissand. Elle alla frapper à la porte de Mauricette qui lui ouvrit immédiatement :

– Que s'passe-t-il Fine ?

– C'est pour Marcelline ! Ses douleurs dans le dos de sa sciatique lui font trop mal, il faut que l'docteur Puissand y vienne vite.

– C’est si urgent qu’ça Fine ? C’est curieux quand même c’te maladie lo, ça fait bin longtemps qu’elle souffre à ch’t’heure ! On ne la voit plus depuis des mois, c’est quand même bizarre ch’t’affaire lo.

Mauricette ne tarda pas à avoir le docteur au bout du fil. Elle lui décrit l’urgence et celui-ci, surpris, confirma sa visite vers midi. Fine n’avait-elle pas regagné la ferme que déjà l’annonce de la visite du médecin chez Marcelline avait fait le tour du village. La vieille belle-mère derrière ses rideaux redoubla de vigilance.

Lorsque le clocher de Rollot sonna l’angélus, la Torpédo du docteur entra dans la cour. Il connaissait le chemin et se dirigea directement dans la chambre :

– Alors madame Ledoux, faites-moi voir ces douleurs dans le dos, cette sciatique que je n’ai pas encore vue ?

– Docteur, y faut qu’on vous dise l’vérité. Ce n’est pas une sciatique. Marcelline est enceinte et il ne faut surtout pas que le village le sache. Marcelline est mariée, elle est sans nouvelles de son mari, elle ne sait même pas s’il est encore en vie. Alors, elle a fauté avec…

– Une chose est certaine c’est qu’elle a fauté avec un homme, mais je ne suis pas là pour juger ; je peux comprendre qu’une jeune et jolie femme comme madame Ledoux puisse avoir ce risque en de telles circonstances. Quant à ma discrétion, vous pouvez compter sur moi, je suis tenu au secret médical. En attendant, dites-moi tout et il faut que je vous examine de plus près.

– Merci docteur pour votre compréhension ; vous savez, je suis punie d’avoir fauté.

– Ne dites pas de bêtises, madame Marcelline ! Une naissance, c'est une joie, c'est un don du ciel et non pas une pénitence.

Le docteur constata que la dilatation avait commencé ; effectivement les contractions étaient très présentes, alors il prit l'initiative d'accélérer le protocole de l'accouchement en libérant la poche des eaux. Fine prépara les accessoires pour le médecin. Dans la demi-pénombre de la chambre, tout était prêt pour accueillir le bébé : garçon ou fille cela importait peu. Le médecin posa la question de circonstance :

– Comment allez-vous l'appeler ce beau bébé ?

– J'ne sais point, j'n'y ai même pas réfléchi. P't'ête'que chi c'est un'fille j'l'appellero bin Gisèle !...

– C'est un très beau prénom. Allez, maintenant on s'y met.

Léone, qui n'avait pas baissé sa garde derrière ses rideaux, se permit, dès qu'elle aperçut la voiture du médecin d'entrer dans la cour et à pas feutrés de venir jusqu'à la porte de la cuisine. Que pouvait-il se cacher derrière cette visite ? Elle essaya d'apercevoir un geste ou d'entendre une parole qui la conforterait de l'idée qu'elle se faisait de sa belle-fille. C'est alors qu'après quelques minutes d'attente, elle entendit les paroles du docteur qui l'intriguèrent :

– Allez, poussez, poussez allez, poussez encore !

Et, comme un énorme seau d'eau froide qui lui tombait sur la tête, Léone entendit les premiers cris du bébé qui venait de naître. Elle ne tenait plus en place, elle aurait voulu bondir de fureur pour supprimer ce qui allait être la honte pour son fils Fernand. Elle hésitait, prête à tout mais elle aperçut monsieur Duchaussoy revenir de l'écurie, aussi, elle rebroussa chemin, la tête dans les épaules et s'éclipsa en grommelant à voix basse :

– Bin ma fille ça n'va pas se passer comme cho, non dé diou ! T'a sali min fiu, t'o vas me l'payer !

Le beau bébé était né ; c'était une fille. Elle pesait un bon poids et avait déjà une petite houppette brune sur la tête. Le médecin termina sa prestation, fit quelques recommandations à la maman et l'informa qu'il repasserait dans huit jours pour s'assurer que tout allait bien. Fine sortit la boîte en fer et paya le docteur. Elle lui présenta son chapeau et avant de rejoindre sa Torpédo celui-ci ajouta :

– Ne vous inquiétez pas ; une naissance, c'est avant tout du bonheur que je partage.

Le médecin repartit. Monsieur Duchaussoy, au courant du secret depuis des mois, se permit d'entrer dans la cuisine. Fine l'invita dans la chambre de Marcelline :

– Viens Jean, viens voir le bébé comme il est beau ! C'est une petite fille, Marcelline a décidé de l'appeler Gisèle.

– C'est un beau prénom, je suis heureux pour vous et pour la petite ! Fine me parlait tant de vous que j'ai l'impression de partager cet évènement. Je suis très heureux, c'est comme si c'était ma petite fille.

– Ecoute Jean, nous avons partagé ce moment ensemble depuis des mois ; tu as raison, c'est notre petite fille.

Jean Duchaussoy reprit :

– Marcelline y faut que je vous dise que j'ai surpris Léone, votre belle-mère, qui écoutait à la porte quand je suis arrivé. Elle s'est enfuie dès qu'elle m'a vu et marmonnait des choses pas très gentilles apparemment.

– Ça n'm'étonne pas d'elle, elle ne m'a jamais aimé. Elle a toujours été jalouse d'mi, d'voir que je m'en sors sans elle. Monsieur Duchaussoy, je tiens à vous remercier pour tout ce que vous faites. Fine est fin heureuse avec vous, venez que j'vous embrasse tous les deux.

Fine partit voir Victor à la mairie pour enregistrer la naissance de la petite Gisèle. Monsieur Duchaussoy termina quelques travaux dans la cour et, dès que Fine revint de la mairie, il l'aida à la traite des trois vaches. Jean et Fine vivaient chez Marcelline une vie heureuse dans la clandestinité où quelques baisers furtifs devaient s'échanger dans l'étable ou à l'écurie.

Dès le lendemain du 12 août 1942, au lever du jour, Marcelline était déjà sur pieds. Pour elle, l'accouchement passé, elle avait le sentiment que les ragots pouvaient cesser. Aussi, elle souhaita reprendre les travaux de sa ferme, voulant oublier son emprisonnement. La petite Gisèle se portait bien, elle avait bien fait sa nuit et n'avait réclamé sa tétée qu'à 5 heures. Dès sept heures, Marcelline trouva la force d'aller traire ses trois vaches. Juliette et Hélène ne se réveillaient pas avant huit heures et Fine ne tarda pas pour s'occuper d'elles.

Vers 9 heures, lorsque Marcelline ouvrit les volets en bois de sa chambre qui donnait sur la rue, elle fut surprise de voir passer le père Laribeaudière, debout dans son tombereau vide, tenant les rênes de son percheron, le regard droit devant lui et ne portant aucune attention sur elle. Elle était prête à lui lancer un bonjour mais l'attitude inaccoutumée du père Laribeaudière la surprit. Quelques temps après, jetant un coup d'œil à travers ses rideaux, elle vit passer à vélo Robert le surnommé "bébert", du café Rabache. Les autres jours, il sifflait toujours à vélo mais ce matin-là, il semblait en colère portant la visière de sa casquette au ras des sourcils. Il tourna la tête vers la fenêtre de Marcelline, qui elle, vit le spectacle d'un homme odieux qui envoya un énorme crachat de sa chique noirâtre dans sa direction. Là encore, Marcelline découvrait des attitudes inhabituelles et sans aucune compassion.

Un peu avant midi, lors de sa tournée, le boulanger avertit avec son klaxon de sa présence devant le porche de la ferme. Marcelline prit l'initiative d'aller chercher les deux pains de quatre livres. Fine lui déconseilla de peur d'un accrochage avec sa belle-mère qui habitait en face et qui, elle aussi, avait recours au même boulanger. Elle se pressa pour être servie la première, voulant braver l'adversité ou ne voulant pas croire aux ragots ravageurs. Dès qu'elle se présenta à François le boulanger de Boulogne qui, à son habitude avait toujours beaucoup d'amabilités pour Marcelline, ce jour-là son bonjour fut très bref. Il s'empressa de lui remettre ses deux pains et de lui réclamer les cent sous de la livraison. Encore une fois aucune parole agréable ; il fallait vite servir la cliente afin qu'elle parte rapidement pour ne pas entacher la bonne réputation de son commerce. C'est à ce moment-là qu'elle entendit venant d'une de ses voisines qui s'approchait de la petite camionnette :

– Tiens ! La revoilà l'aut'e chalope qui couche avec tout le monde. Ça n'n'est une chell'lo, un'"marie couche-toi-là" qui va à la messe pour tromper chés gins.

Marcelline ne releva pas l'affront et s'empressa de regagner sa ferme. Elle aperçut sa belle-mère sortir de chez elle et se diriger vers le boulanger pour prendre son pain et, à coup sûr, surenchérir les propos dévastateurs.

Marcelline déposa les deux pains dans la huche, empoigna la cafetière sur la cuisinière, sortit deux verres, le sucre cristallisé et, s'asseyant devant la grande table, elle appela celle qui allait l'apaiser :

– Fine ! Veux-tu un café ? faut que j'te cause !

– Oui merci Marcelline, que se passe-t-il ?

– Eh bin tu sais, j'crois que chés gins du village, y sont point contents de mi. Avec tout ce que j'avio intindu et vu aussi, je crois bin qu'à ch't'heure y z'ont d'mauvaises pensées pour mi.

– C'est un peu normal tu sais ; tu t'es cachée depuis près de cinq mois, ils ont l'impression d'avoir été trahis. Nous ne sommes qu'au lendemain, les ragots vont s'estomper avec le temps.

– P't'être bin mais min Fernand quand y va r'venir, c'est li qui va trinquer et il ne l'mérite pas ch't'homme. J'vais être sa honte.

– Sèche tes larmes Marcelline, tu n'as que de beaux enfants et c'est eux qui te rendront heureuse plus tard ; laisse ces "ragoteux et ragoteuses" dans leur lisier.

– T'es bin bonne ma Fine, t'o m'as r'donne del'courage. Reste m'belle-mère, chelle-lo je me demande bin c'qu'elle va dire !

Marcelline reprit ses activités. Elle barata le lait de ses bidons, prépara son beurre et fit cailler un autre seau de lait pour la préparation de ses petits cœurs d'Onvillers. Sur les coups de dix heures, elle se rendit dans la chambre de Gisèle qui était réveillée. Juliette s'approcha et dit à sa maman :

– Tu sais maman, Gisèle, elle nous a fait un gros sourire avec Hélène tout à l'heure lorsque nous sommes venues la voir dans ta chambre !

– Ce n'est pas possible Juliette, elle est encore trop petite !

– Mais si maman c'est vrai, elle nous a fait un sourire !

– Elle a sûrement souri aux anges qui la protègent.

– Ah bon ! Mais on ne les a pas vus les anges.

Marcelline changea sa petite Gisèle et lui mit une couche propre. Elle ne manifestait pas pour elle autant de ravissement et d'affection que pour ses autres filles. Elle l'avait à peine embrassée depuis la naissance. Quelque chose différait dans ses sentiments. Bien sûr, Gisèle était une enfant de l'amour mais elle n'avait pas été désirée, c'était aussi l'enfant de sa faiblesse. Elle ne pouvait se détacher de l'esprit que ce qu'elle avait fait était un affront pour Fernand.

Dans la soirée, vers dix-huit heures, Marcelline s'apprêtait pour aller traire ses vaches lorsque l'on frappa à la porte de la cuisine. Elle ouvrit et elle eut la surprise de voir sa belle-mère avec Lise la sœur ainée de Fernand. Marcelline s'empressa de diriger ses deux petites filles dans leur chambre, sentant que la discussion n'allait pas être très affable. Marcelline ne connaissait que très peu la sœur de Fernand qui, à quarante ans, n'avait pas encore connu d'homme, sûrement trop initiée par sa chère maman. Marcelline les invita à s'asseoir, ce qu'elles refusèrent de concert.

– Alors, que voulez-vous ?

– Tu ne te doutes pas de c'qu'on vient faire avec ton bâtard ?

– Non, je ne vois pas !

Léone, remontée à fond et soutenue par sa fille, libérant son venin qu'elle avait contenu depuis trop longtemps, s'écria :

– Eh bien tu as souillé mon Fernand ! Tu es la honte de la famille ! Jamais nous ne pourrons accepter c't'enfant et Fernand encore moins. Demain matin, tu devras t'en séparer ; nous le conduirons aux Sœurs de la Charité au monastère des Visitandines à Amiens. Il y sera très bien. Ils accueillent les enfants abandonnés et ceux qui n'ont pas de père. Tu devras nous faire une lettre signée comme quoi tu renonces à ton enfant en précisant son nom, sa date et son lieu de naissance. Ensuite, tu prépareras ses affaires ; nous partirons à six heures avec la voiture à courir d'Emilien qui nous accompagnera à la gare de Montdidier où nous prendrons l'omnibus jusqu'à Amiens. Tu lui donneras à manger avant qu'on parte.

– Mais !

– Il n'y a pas de mais, j'ai pris cette décision pour sauver l'honneur de Fernand, de notre famille et même de notre village. Donc demain, à six heures, nous serons dans ta cour.

Les deux femmes repartirent sans même un bonsoir. Elles n'eurent aucune attention pour la petite Gisèle. Cette enfant leur semblait être un monstre qu'il fallait cacher au plus vite. Marcelline fit sortir ses deux petites filles de la chambre. Juliette semblait avoir écouté la conversation derrière la porte et posa une question à sa maman :

– Dis maman, mémère Léone a dit qu'elle emmenait demain la petite sœur ?

– Mais non, elle a dit ça mais elle ne l'emmènera pas, c'est pour…

– Ah bon, parce que Hélène et moi on l'aime bien Gisèle.

Marcelline était désemparée. Elle ne savait plus quoi faire. Devant tous ces affronts, elle lâchait prise. Elle sentait que cette enfant devenait aussi celle du déshonneur qui lui gâcherait la vie. Une seule personne pouvait l'aider. Elle s'empressa d'aller chez Fine, elle passa par le jardin, n'osant pas se montrer dans la rue. Les deux petites filles restèrent jouer dehors.

– Fine, c'est terrible, le ciel me tombe sur m'tête. J'ai plus la force.

– Que se passe-t-il Marcelline ? Ce matin tu étais en pleine forme ?

– Eh bien, j'ai reçu la visite de ma belle-mère avec la Lise ma belle-sœur.

– Ah oui, alors raconte-moi que t'ont-elles dit ?

– Eh bien, elles veulent que j'abandonne ma petite Gisèle. Elles reviennent demain matin pour l'emmener chez les sœurs de la Charité à Amiens. Je n'sais plus quoi faire à ch't'heure.

– Ecoute Marcelline, il faut comprendre que pour elle, son fils c'est sacré. Le fait qu'il soit à la guerre cela doit l'inquiéter et en plus, avec cette enfant qu'il va découvrir en revenant, elle se doute bien que cela ne va pas lui plaire. Alors, elle a trouvé la solution de facilité en enlevant le bébé pour effacer tout.

– Tu sais Fine, de toute façon Gisèle ce n'est pas comme mes autres gamines. J'n'arrive pas à m'habituer à elle. Je ne sais pas à quoi ça tient. Je crois bin qu'je va les laisser faire. Avec le temps, j'finirai par l'oublier la tchiote.

– Ne dis pas ça Marcelline, ça ne s'oublie pas un enfant de l'amour.

Marcelline s'en retourna rejoindre ses deux petites filles. Elle s'activa comme chaque soir à ses travaux : vaches, chevaux, volailles, le cochon bien gras qui grognait dans sa minuscule porcherie, et même Marquis le chien de garde enchaîné à sa niche. Il lui fallait nourrir tout ce petit monde sans en oublier un et en plus, avec trois enfants maintenant.

Lorsque le village tomba dans l'obscurité de la nuit et s'assoupit, Marcelline, elle, ne trouva pas le sommeil. Les heures s'égrainaient et elle se retraçait ses dernières années passées depuis le départ de Fernand. Elle repensa au bonheur éphémère avec Lucien, elle aurait voulu lui crier que demain on enlevait sa fille. Mais Lucien lui aussi portait sa croix avec son bras paralysé. Elle ne dormit pas cette nuit-là. Elle aperçut le jour se lever au travers des ouvertures en forme de cœur de ses volets. Cinq heures : elle donna la dernière tétée à sa petite Gisèle. Elle changea sa couche et prit soin de bien la couvrir. Toutes ces intentions avaient un goût amer, presque funèbre. Dans un peu moins d'une heure, elle dirait un dernier adieu à sa petite Gisèle. Elle avait tout préparé. Elle avait trouvé un cageot à pommes de terre qui allait servir de berceau pendant le voyage. Elle y plaça un biberon de lait, coupé d'un peu d'eau, qu'elle avait pris soin de faire bouillir et de sucrer légèrement, des couches, des langes et les brassières des grandes sœurs. Elle dissimula une photographie d'elle, un portrait qu'elle s'était fait faire lorsqu'elle était encore jeune fille.

Tout était prêt lorsqu'elle entendit dans la cour le cabriolet d'Emilien. Pour Marcelline, le corbillard était avancé. Elle n'avait pas de larmes, elle avait tout donné depuis des mois. Léone était assise devant la voiture, avec sa fille à côté. Elles avaient une couverture sur les genoux, elles ne descendirent pas. Emilien sauta au sol, maintenant son nouveau cheval "Brigand" par le licol. Marcelline sortit de la maison avec la petite caisse en bois, elle embrassa une dernière fois Gisèle sur le front et tendit le paquetage à la vieille dame qui, sans un regard, le bloqua sur ses genoux. Marcelline trouva le courage de leur dire :

– La lettre est sous le lange du dessus, je lui ai mis un biberon de lait bouilli pour le trajet.

Personne ne répondit. Il n'y eut aucun adieu. Emilien remonta près des deux femmes, fit faire un demi-tour à son attelage et prit la direction de Montdidier. Marcelline resta immobile sur le pas de sa porte. De ses yeux coulèrent les larmes d'un sanglot qu'elle ne put retenir. Elle se retrouvait subitement seule. Elle prononça ces quelques mots que personne ne pouvait comprendre :

– Lucien, Lucien elle est partie not'tchiote, elles nous l'ont prise.

*

*   *

La carriole s'éloigna du village encore endormi au pas allongé de Brigand dans la fraîcheur matinale de ce bel été 42. Sur la grande route de Piennes, Emilien claqua légèrement les rênes sur le dos de celui qu'il voulait amener au petit trot pour ne pas manquer l'omnibus de 7 heures 02 pour Amiens. Léone et Lise ne parlaient pas. Elles n'avaient même pas pris soin de soulever le petit drap qui protégeait la tête de Gisèle pour découvrir son visage. Tout le monde suivait le mouvement saccadé du cabriolet mené au rythme de son petit trot. Ils ne furent pas en retard. Emilien avait bien mené sa monture sans faire de halte chez la Francine, ce qu'il ne manquerait pas en retournant à Onvillers. Il les déposa à 7 heures moins vingt elles avaient largement le temps de prendre leurs billets. La vieille dame remercia Emilien et lui rappela qu'il devait les reprendre à leur retour, vers 18 heures.

A la gare de Montdidier, il y avait peu de monde : des cheminots attendaient sur le quai pour se rendre au centre de triage de Longueau. Dans le hall, une patrouille allemande, casquée et en arme, faisait des allées et venues, surveillant les voyageurs à la recherche de celui qui ne serait pas conforme aux directives de la Wehrmacht. Le chef de la patrouille, un grand à lunettes avec une large casquette, marqua un temps d'arrêt, intrigué par les deux femmes. Il se dirigea vers elles et voulut savoir ce qu'elles dissimulaient dans leur cageot recouvert d'un linge blanc :

– S'il vous plaît mesdames qu'avez-vous dans cette caisse ? Du cochon ? Vous faites du marché noir ? Permettez que je vérifie, le marché noir est interdit et je serai obligé de vous arrêter.

– Non, ce n'est pas du cochon, c'est…

– Faites-moi voir je vous prie ?

L'officier souleva le petit drap et découvrit le bébé endormi.

– C'est votre enfant madame ? ou plutôt le vôtre, dit-il en s'adressant à Lise, vous me semblez plus jeune pour avoir un enfant !

– Non ! répondit Léone, nous venons d'Onvillers, c'est l'enfant de ma bru qui a déjà deux petites filles. Son mari n'est pas revenu du front, elle ne peut pas en élever trois alors, elle nous a demandé de le confier quelques temps aux petites sœurs de la Charité à Amiens.

– Ah je vois, il n'y a pas de papa, mais je la connais cette jolie dame d'Onvillers ; nous lui avons déjà rendu visite. Nous retournerons la voir. C'est bon vous pouvez y aller.

Léone et sa fille s'en sortaient bien, par connaissance peut-être… Léone ne manqua pas d'ajouter :

– Je suis sûre qu'elle a couché avec ces allemands, c'est pour ça qu'ils nous ont laissées passer.

Le train arriva ; la locomotive siffla au début du quai ce qui fit sursauter Gisèle qui se mit à pleurer. Dans le wagon, un monsieur céda sa place. Lise sortit le biberon pour la calmer. C'est à ce moment qu'elle découvrit la lettre demandée mais également la photo. Après un court instant d'hésitation, elle replaça la photo sous le lange. La mère et la fille se penchèrent pour la première fois sur le berceau de bois et découvrirent le visage rondelet et rose du bébé. Elles eurent l'une et l'autre un léger rictus ressemblant à un sourire de contemplation qui faisait ressortir des sentiments maternels passés pour l'une et souhaités pour l'autre. Mais il ne fallait pas s'attendrir dans la mission qu'elles s'étaient donnée.

Après plus d'une heure de voyage dans cet omnibus, elles arrivèrent à la gare principale d'Amiens. Dans le grand hall, elles étaient perdues. L'une n'était pas revenue dans la capitale picarde depuis plus de dix ans, l'autre découvrait pour la première fois la grande ville. Face à la grande place de la gare, elles découvrirent les ruines d'une ville bombardée. Des pans de murs restaient dressés, surplombant des tas de pierres. Une circulation de voitures à bras ou attelées allaient et venaient, affairées aux besoins d'une vie qui reprenait son cours. Lise aperçut deux sœurs en cornette pressant le pas et s'apprêtant à traverser la chaussée :

– Maman, reste là je vais leur demander notre chemin, elles doivent bien connaitre le monastère des Visitandines.

Lise s'empressa de les interpeller et resta longuement en discussion avec elles. Apparemment, le chemin pour se rendre au monastère ne devait pas être simple. Léone avait déposé son fardeau au sol. Un vent léger soulevait par moment le petit drap qui protégeait Gisèle. Lorsque Lise revint, elle avait une petite feuille de papier où l'une des sœurs avait tracé au crayon l'itinéraire d'un labyrinthe de ruelles qui leur permettrait d'arriver au plus vite à destination.

Elles passèrent devant la cathédrale, légèrement endommagée par les bombardements mais qui restait un lieu saint prestigieux. Lise se signa avec une légère génuflexion au passage du grand porche. Après un interminable parcours, elles longèrent le haut mur qui clôturait le monastère et arrivèrent devant le portail. Léone serrait la caisse de bois avec un léger tremblement. Elle prenait seulement conscience de la gravité de son acte mais ne pouvait s'y soustraire. Lise actionna la longue chaine qui pendait sur le côté du porche et une cloche retentit fortement, troublant un silence austère. Elles attendirent quelques instants. L'une et l'autre doutèrent un court instant de leur bonne conscience, mais elles ne manifestèrent pas l'envie de faire demi-tour.

Sur la grosse porte, un judas s'ouvrit et elles aperçurent une sœur en cornette qui leur demanda :

– Bonjour mesdames c'est pourquoi ?

– Ma sœur, nous venons vous confier une enfant qui est née il y a deux jours, qui n'a pas de papa et que la maman veut abandonner.

– Oh miséricorde, seigneur Jésus, pauvre maman, pauvre enfant. Je vous ouvre tout de suite.

L'un des vantaux du lourd portail s'entrebâilla, ne laissant pénétrer les deux femmes que de quelques mètres sous le porche. Elles découvrirent le cloître avec ses arcades ; au centre, un parterre de fleurs relevait quelque peu l'austérité des lieux. Elles restèrent peu de temps. La sœur prit le cageot de bois, rentra dans la conciergerie, le posa sur le bureau et leur demanda :

– Avez-vous quelques données sur l'état civil de l'enfant et la lettre de reniement de la maman ?

– Oui, tenez ! C'est sous le lange de coton.

– He bien, mesdames je vous raccompagne ; je vais de suite confier cette enfant à nos sœurs des Visitandines.

Léone marqua un temps d'arrêt et sortit une enveloppe de son cabas, qui ne la quittait jamais :

– Tenez ma sœur, prenez ! Pour vous remercier et pour vos œuvres !

– Les moniales de la Charité vous remercient mesdames, elles apprécieront votre geste.

Ainsi par ce don de dernière minute, Léone apaisa sa bonne conscience de femme pieuse. L'échange fut rapide et les affabilités inexistantes ne permirent aucun commentaire ou un au-revoir à celle qui était l'objet du voyage. Elles se retrouvèrent repoussées hors de l'enceinte monastique, avec le bruit assourdissant de la lourde porte qui se referma derrière elles. La mère et la fille se regardèrent et ce moment ne laissa aucune place à des sentiments ; elles n'eurent aucun repentir de l'acte qu'elles venaient d'accomplir. Elles ne percevaient pas l'immense désert affectif que l'innocente petite Gisèle, enfant de l'amour, allait devoir braver. Avant de reprendre le chemin du retour, Léone sortit son grand mouchoir, elle ne s'essuya pas les yeux mais souffla un grand coup de chaque narine pour en chasser quelques résidus de circonstances atténuantes et toute pensée négative.

– Bon Lise, ch'est pas l'tout, faut qu'on s'en retourne à ch't'heure, hein !

– Bin oui maman ! on n'est pas cor'rendu avec tout chlo.

Les deux femmes reprirent leur chemin en sens inverse et, repassant devant la cathédrale, Léone dit :

– Viens donc ma fille, on va rentrer faire un'prière pour t'in frère.

Les deux femmes s'exécutèrent avec une dévotion qui leur était très chère. Elles ressortirent, ainsi absoutes de toutes mauvaises considérations. Elles rejoignirent la gare et durent attendre le train dans la salle d'attente jusqu'au milieu de l'après-midi. Elles n'osèrent pas faire une promenade dans cette ville qui les impressionnait. Elles prirent l'omnibus de 16 heures 30 qui les ramena à Montdidier.

Emilien les attendait à la gare. Il avait le visage fort rouge, l'œil brillant, le verbiage cafouilleux et le pas hésitant. Le tout découlait d'une présence démesurée chez la Francine. Il avait, prétendait-il, évité des fatigues inutiles à son Brigand qui, lui, avait su attendre. Emilien avait prévu le coup en emportant, à l'arrière de la carriole, quelques fourchées de foin qui firent patienter le cheval, attaché la journée entière, devant l'estaminet de cette généreuse bistrotière.

Sur le retour vers Onvillers, les deux femmes n'étaient pas plus bavardes. Elles surveillaient la bonne conduite des deux brigands…

*

*   *

Les semaines et les mois passèrent à la ferme de Marcelline. Elle s'était faite discrète, ne voulant pas attiser de haine.

Le docteur Puissand revint comme convenu pour examiner la petite Gisèle. Elle n'était plus là. Marcelline lui expliqua l'enlèvement. Il secoua la tête longuement sans dire un mot. On pouvait interpréter sa désolation :

– Courage madame Ledoux, je suis sûr que le Seigneur protègera votre petite Gisèle…

Le médecin examina Marcelline qui allait très bien. Il ne lui fit pas payer sa visite et regagna, attristé, sa Torpédo.

Juliette et Hélène avaient grandi et allaient avec leur maman à la messe tous les dimanches. Léone n'était plus derrière ses rideaux à espionner, elle chercha à retrouver avec la femme de son fils une considération qui effacerait l'abjection de son geste. Marcelline, elle, avait changé depuis cet enlèvement. Son regard était devenu irrémédiablement triste, elle demeurait muette. Elle partageait son quotidien avec ses deux filles qui étaient sa seule joie. Mais quelque chose ou plutôt quelqu'un lui manquait. Fine restait auprès d'elle et Monsieur Duchaussoy avait maintenu ses visites à la ferme, perçues comme une aide pour Marcelline.

La guerre n'en finissait pas. Marcelline n'avait plus eu de nouvelles de Fernand depuis plus de trois ans. "La radio ment" disait-on, elle n'inspirait plus confiance. On sentait la mainmise de l'envahisseur qui vantait les bienfaits du ralliement. Personne ne partageait de tels sentiments.

En février 1943, l'occupant instaura le service de travail obligatoire, le S.T.O. Tous les hommes nés en 1920, 21 et 22 durent aller travailler en Allemagne. Les bombardements s'accentuaient : Rennes, Rouen et même les usines Renault à Billancourt étaient touchées. L'alimentation se faisait rare dans les villes et le marché noir tissait sa toile, entraînant un commerce parallèle clandestin, avec ses coûts prohibitifs.

Marcelline ravitailla quelque peu les demandes de volailles ou de pommes de terre. Elle tua son cochon bien gras qui atteignait les 120 kg et monnaya ces ravitaillements avec profits, pour les gens de la ville qui venaient quémander à sa ferme.

Lorsque que Marcelline prit la décision de tuer elle-même le grincheux de la porcherie, ses deux petites filles s'en firent une joie et assistèrent à l'abattage de l'animal, selon le mode et avec les moyens locaux. Marcelline et Fine amenèrent le gras cochon, criard, attaché par les pattes avant dans l'étable à veaux. Lorsqu'il fut immobile et légèrement calmé, Marcelline prit le gros maillet en bois et lui fracassa le dessus du crâne. Assommé, le bétail se coucha sur le côté et aussitôt Fine approcha une grande bassine émaillée au-devant du cou que Marcelline venait de trancher, avec un large couteau.

Le sang gicla dans la cuvette ; il ne fallait pas en perdre pour la préparation du boudin. Elles avaient installé sur le devant de l'étable, un lit de paille ; elles traînèrent la bête dessus et y mirent le feu. Il fallait la gratter, enlever ses poils et ce qui encrassait sa peau. Ensuite, elles procédèrent à la découpe. Les gros jambons, les épaules, les côtes, les longes et même les boyaux pour faire les tripes, rien ne se perdait dans le cochon ; pas même les pattes, la tête, la langue ou la cervelle, tout pouvait être cuisiné et faisait affaire. La viande fut correctement salée et placée dans de grandes jarres en grès, à la cave. Elles confectionnèrent près de trois mètres de boudin noir avec les oignons du jardin et elles passèrent au four de la cuisinière les terrines et les rillettes bien grasses. Le surplus, devenu du saindoux, servit à recouvrir leurs préparations pour une meilleure conservation.

Marcelline partagea avec Fine les bons morceaux de celui qu'elles avaient engraissé, songeant aux restrictions qui étaient annoncées. Marcelline vendit quelques portions de son boudin et de belles côtelettes dans l'échine. Elle offrit à madame Laribeaudière, avec laquelle elle avait renoué de meilleures relations et pour la remercier des services que Stéphane lui avait rendus, de belles tranches de jambon et d'épais morceaux de lard. Elle n'oublia pas celui qui était resté présent en ces derniers temps difficiles : Monsieur Duchaussoy eut sa gratification.

Le soir, Marcelline écoutait discrètement la radio. Juliette et Hélène grimpaient sur une chaise pour être plus près de ces gens qui parlaient ou chantaient dans le poste. Elles aimaient beaucoup les chansons et dansaient sur leur chaise. Leur maman ressentait beaucoup d'émotion devant certaines mélodies comme : « Ça s'est passé un dimanche… » de Maurice Chevalier ou bien aussi « Que reste-t-il de nos amours… » de Lucienne Boyer, reprise par un jeune chanteur à la mode : Charles Trénet. Toutes ces diversions faisaient oublier les angoisses de la guerre. La radio annonça en janvier 1944 la création des Forces Française de l'Intérieur, les FFI. Avant le 6 juin, la TSF diffusait, venant d'une radio anglaise, de nombreux messages codés, du genre : « les sanglots longs des violons de l'automne… » : celui-ci annonçait le D.Day, le débarquement des troupes alliées sur les plages de Normandie. La guerre continua à déferler ses horreurs, comme celle du 10 juin 1944 à Oradour sur Glane, où 648 habitants périrent brûlés, enfermés dans des granges et dans l'église du village. Marcelline apprit plus tard que de jeunes soldats alsaciens, mobilisés de force dans l'armée allemande, participèrent, horrifiés, à ce massacre qu'ils durent accomplir contre leur gré.

Avec l'arrivée des libérateurs, les chars Patton américains chassèrent l'envahisseur dans de nombreuses villes. Le 26 août, Marcelline apprit par sa TSF que le général De Gaulle entra dans Paris et défila avec un autre général français nommé Leclerc. Elle apprit également que ce 1er septembre, les allemands furent chassés d'Abbeville, Amiens, Arras et Montdidier aussi. Puis le 19 novembre, les chars atteignirent le Rhin et la 2ème DB libéra Strasbourg.

Marcelline y voyait un présage : le retour de son Fernand. Même si elle n'avait pas de nouvelles, elle était sûre qu'il devait être encore vivant quelque part et que, dès qu'il le pourrait, il s'empresserait de la prévenir de son arrivée.

Le dénouement de cette guerre se précipitait ; tout le monde était impatient d'en finir avec ce qui, encore une fois, avait dévasté et ruiné le pays. Si Marcelline reconnaissait les quelques faiblesses qu'elle avait eues durant cette période de séparation avec Fernand, elle était fière d'avoir maintenu seule, ou presque, pendant ces longues années, leur petite ferme. Elle attendait avec impatience son retour. Elle pensait au moment où elle le verrait franchir le porche d'entrée, sa musette à l'épaule et son large calot retenu par ses oreilles. Elle était sûre qu'elle le retrouverait aussi beau. Elle imaginait ses deux petites filles, hésitantes à accueillir cet étranger qu'elles ne connaissaient pas, mais elle s'empresserait de leur expliquer que ce monsieur était leur papa. Elle les voyait lui sauter au cou comme si elles l'avaient toujours connu et jamais quitté.

Montdidier, libérée en ce début de septembre 1944, avait des plaies à panser. Les bombardements n'épargnèrent pas le centre-ville et les derniers allemands chassés, les habitants se mirent à l'ouvrage pour reconstruire ce qui avait été détruit. La présence de ces nouvelles forces alliées accréditait la fin de cette guerre.

X

Fernand passa sous le contrôle de différents Kommandos pendant ses longues années de captivité. Il était muté régulièrement de ferme en ferme, toujours isolées et loin de tout. Il avait envoyé à plusieurs reprises des lettres à Marcelline, mais celles-ci restèrent sans réponse. Il était surveillé et ne songeait pas à s'évader. Il connaissait l'issue réservée à ceux qui avait tenté de le faire. Le travail n'était pas trop pénible pour lui, homme de la terre. Il avait toujours des hôtes mais aussi des hôtesses très accueillantes et il restait vigilant pour ne pas se retrouver tenté et devoir céder comme il l'avait fait avec Alberta. L'envie ne lui manquait pas à 30 ans, si bien que, parfois, il en avait pressé sa mutation pour ne pas retomber dans les désirs d'une seconde Alberta.

Il avait bon moral et pensait tous les jours à sa petite famille. Il s'inquiétait pour Marcelline : avec la ferme et les deux enfants, comment pouvait-elle y arriver ? Il n'ignorait pas le travail qu'elle devait assumer chaque jour. Et puis, elle était belle femme. Il avait confiance en elle mais toutes ces années de séparation risquaient d'effacer l'attente. Une attention particulière, un service rendu ou une trop grande gentillesse, aurait pu l'amener à ce qui comme lui était difficile à maîtriser. Là où il se trouvait, Fernand ne pensait qu'à son retour à Onvillers.

En tant que prisonnier dit "libre", Fernand avait droit à une carte de tabac. Il devait se rendre chez le Orstbauerfuhrer, le chef des paysans, pour toucher sa ration mensuelle. Il lui arrivait de rencontrer son ami Louis qui travaillait dans une ferme voisine. Louis avait fait la connaissance d'une charmante jeune fille russe qui travaillait dans une ferme du village d'à côté. Trompant la surveillance de leur patron, Louis et son amie réussirent un soir à se retrouver seuls et ils échangèrent leur premier baiser. Louis était célibataire et cette jeune fille devenait pour lui un amour qu'il ne voulut plus quitter.

Début 1944, Louis et Fernand avait eu vent qu'un débarquement était possible en France. Les femmes allemandes n'en parlaient pas, mais elles commençaient à se lasser de cette guerre et, une victoire ou une défaite leur importait peu.

A l'automne 1944, Fernand et Louis apprirent par leurs hôtes qu'un débarquement avait eu lieu en France, sur les plages de Normandie. Ils apprirent que ces troupes étaient en train de repousser celles du IIIème Reich. La patronne de Fernand ne se gênait pas pour l'informer de la position des différentes armées. Elle aussi semblait pressée de voir la fin de cette guerre et de retrouver son mari.

Louis ne quittait pas cette jeune fille russe. Il fit part à Fernand qu'il la ramènerait avec lui et qu'il la présenterait à ses parents. Elle s'appelait Choura, Fernand ne la connaissait pas mais Louis lui avait décrit la belle brune aux yeux verts. Louis se posait des questions pour passer la frontière avec elle et comment elle serait admise en France ? Ils décidèrent de se marier sur place mais n'y parvinrent pas.

L'hiver passa et au printemps, Fernand entendit le bruit des canons de plus en plus proche. Un matin, il fut surpris de voir un chasseur bombardier américain qui passa en rase-motte et qui tirait sur tout ce qui bougeait. Il fallait, en labourant, avoir un œil sur le sillon et un œil en l'air tout en ouvrant les oreilles. Fernand était constamment sur le qui-vive. La radio allemande diffusait des communiqués de victoire comme en 1940, mais sûrement à reculons ironisait Fernand.

Il n'y avait plus d'hommes. Le "volkssturm" voulut prendre les deux derniers vieux encore valides pour les mobiliser. Louis et Fernand les cachèrent dans les bois et leur portèrent des provisions.

Le 20 mars 1945 arriva ; le canon se fît entendre de plus en plus proche. Les libérateurs américains étaient là. Fernand, Louis et d'autres camarades ne travaillèrent plus. Ils se rendirent au village de leur Kommando d'origine où ils découvrirent un attroupement sur la place. En s'approchant, ils distinguèrent un char et des jeeps qu'entouraient d'autres camarades. C'était l'avant-garde de l'armée Patton. Il n'y avait plus d'allemands au village, ils s'étaient tous repliés dans les bois, encore armés de mitrailleuses et de bazookas.

Fernand prit la décision de retourner à sa ferme pour récupérer ses quelques affaires, sentant une libération imminente. Il réemprunta le seul chemin qu'il connaissait : il le trouva barré par un char. Assis sur la tourelle, un G.I. du genre mastodonte, le portrait type du soldat américain, fumait un cigare et mâchait inlassablement un chewing-gum. Au moment où Fernand s'avança, le soldat lui fit comprendre qu'il était interdit de passer là. L'américain avait pris Fernand pour un allemand car, étant un prisonnier libre, Fernand n'avait plus sur ses vêtements la marque K.G. Le G.I. appela aussitôt un sous-officier et ils emmenèrent Fernand au PC de la compagnie qui avait pris possession de la mairie du village. Là, Fernand fut interrogé en allemand. Il présenta son livret militaire qu'il gardait précieusement sur lui et, avec une grande tape dans le dos, un canadien lui dit : « tu nous a bien eu ! ». Fernand lui expliqua la raison de la confusion ; tout le monde se mit à rire, sauf le Maire et le chef des paysans allemands, qui avaient suivi la scène et qui craignaient pour leur sort.

Fernand put s'en retourner chercher sa musette et ses quelques affaires. De retour au bourg, tous les camarades prisonniers se retrouvèrent et exprimèrent leur joie d'être enfin libérés.

Louis partit chercher Choura au village voisin pour l'emmener avec lui. Les S.S. avaient fait faire des tranchées tout autour de la bourgade. Des allemands récalcitrants cherchaient à prendre les américains en embuscade, mais les G.I. avec leurs chars, les délogèrent et ils furent prisonniers.

Louis récupéra alors celle qu'il considérait déjà comme sa femme, ils se jetèrent dans les bras l'un de l'autre et rejoignirent les camarades de leur Kommando regroupés au village. Nombreux ne réalisaient pas encore cette fin de captivité, ils restaient sur leurs gardes, craignant un affrontement encore possible.

Le 25 mars 1945, les troupes d'occupation arrivèrent en plus grand nombre et balayèrent les quelques nids de résistance formés par les derniers fanatiques.

Avec leurs maigres bagages, Fernand, Louis et Choura prirent la route vers l'ouest mais le voyage ne fut pas aussi simple qu'ils l'espéraient. Ils apprirent que de nombreux camarades prisonniers qui avaient pris seuls la route en direction de la France étaient tombés dans des embuscades mises en place par les derniers irréductibles. Louis décida alors d'attendre une semaine pour éviter une telle fin tragique et ils partirent le dimanche 1er avril 1945, c'était le dimanche de Pâques.

Il faisait très beau ce dimanche-là. Ils marchèrent d'un bon pas en pensant aux quelques six cents kilomètres qu'ils avaient à faire. Ils étaient naïfs de partir ainsi. Les autorités d'occupation ne pouvaient laisser un million et demi de prisonniers envahirent les routes. Au bout d'une dizaine de kilomètres, ils furent rejoints par un camion des forces alliées. Un gradé descendit et fit monter tout le monde pour les conduire dans une caserne où ils repartiraient regroupés.

Il y avait peu de femmes parmi les prisonniers, Louis avait réussi à préserver Choura. Quand il s'absentait, c'était Fernand qui avait l'œil sur elle parce que les américains avaient une attirance pour les brunes aux yeux verts.

Quelques jours plus tard, ils repartirent en camions. Le vendredi 13 avril, jour qui devait leur porter chance. Ils reçurent des vivres pour la route : des biscuits de guerre, du bœuf en boite et du gruyère. Chacun sortit son couteau comme au temps du Stalag mais avec la liberté en plus.

Ils furent informés qu'ils seraient transportés en camions jusqu'au-delà du Rhin. Les chauffeurs de ces GMC américains conduisaient comme des dingues. Fernand se trouva en bordure à l'arrière de celui de tête. Il se cramponnait pour ne pas basculer par-dessus bord où il serait écrasé par le véhicule suivant, trop près. Dans la soirée, ils arrivèrent à Mayence. Ils découvrirent un spectacle de désolation. Il ne restait que des façades et les fils de trolleys pendaient à travers les rues et les boulevards.

Enfin, les camions passèrent le Rhin sur un pont bâteau et, dès qu'ils se retrouvèrent sur l'autre rive, ils poussèrent tous un ouf de soulagement. Ils furent alors conduits à une gare de triage où un train de marchandises les attendait. Un officier de la France libre les accueillit en leur précisant que le trajet qui restait à faire serait court, mais en réalité, s'il était court en distance, il oublia de leur préciser qu'il serait long en temps car ils mirent 18 heures pour faire 200 kilomètres.

Ils n'avaient pas de repas chaud, un peu de café le matin, mais aucun moyen de se laver. Ils étaient plus de quarante par wagon, debout. Ce fut très pénible surtout pour les quelques femmes. Choura avait parfois la tête qui tournait et des nausées.

Ils arrivèrent à Hayange, dans un autre centre de triage. Ils furent dirigés vers des dortoirs de mineurs où ils trouvèrent des grandes salles avec des lavabos. Les femmes s'y enfermèrent pour se laver, elles qui n'avaient pas pu le faire depuis plusieurs jours.

Louis se rendit au bureau du commandant de la compagnie qui les escortait. Il prétexta que sa femme qui l'accompagnait avait perdu ses papiers et qu'ils craignaient d'être séparés. Le commandant ne chercha aucune justification et fit le nécessaire pour Louis qui obtint des papiers pour celle avec qui il convola ainsi par anticipation ou par une opportunité en justes noces. Choura put continuer le voyage avec celui qui devint par ce consentement, son mari.

Le 16 avril, ils repartirent, toujours en wagons à bestiaux, pour Metz. Il faisait très beau, les portes étaient grandes ouvertes. Louis maintenait Choura près de l'ouverture pour l'aider à mieux respirer et à soulager ses nausées. Arrivés à Metz, un haut-parleur les invita à s'installer dans un train sur le même quai en direction de Paris. Ils prirent alors place dans des wagons en bois de 3ème classe, constitués de compartiments et d'un couloir latéral. Les repas servis furent les mêmes chaque jour jusqu'à Paris.

Arrivés à Paris, Louis et Choura se séparèrent de Fernand avec une grande émotion. Les années passées ensemble les avaient liés d'amitié. Choura soupçonnait un heureux évènement mais n'en parla pas. Louis regagna le domicile de ses parents où il fit la surprise de leur présenter celle qui était devenue sa femme. Fernand s'empressa de rejoindre un bureau de poste pour envoyer un télégramme à Marcelline. Il expliqua à la postière qu'il rentrait de cinq ans de captivité, qu'il n'avait pas un sou en poche et qu'il voulait simplement prévenir sa femme de son retour. La postière lui expliqua qu'elle avait reçu l'ordre par la Croix Rouge d'acheminer les télégrammes des prisonniers. Elle lui demanda son livret militaire et envoya immédiatement un télégramme à la poste d'Onvillers à l'intention de Marcelline Ledoux :

« Suis libéré, je rentre » signé Fernand.

XI

Fernand attendit toute la nuit le premier train qui le conduirait jusqu'à Compiègne. Il s'était allongé comme d'autres prisonniers sur l'une des banquettes en bois de la salle d'attente. Pas rasé depuis plusieurs jours, il aurait voulu se faire un brin de toilette pour être plus présentable pour ceux qui l'attendaient.

Il prit le train de Valenciennes de 5 heures 35 qui faisait un arrêt à Compiègne. Arrivé dans cette ville qu'il connaissait bien, il avait encore deux heures à attendre avant de prendre sa correspondance. Il était pressé de retrouver les siens, mais ce temps ne comptait plus pour lui, avec la liberté retrouvée. La micheline omnibus jusqu'à Cambrai ne partait qu'à 10 heures 5. Fernand prit alors la décision de sortir de la gare et d'aller en ville. Il découvrit un champ de ruines. La gare et le centre-ville avaient été bombardés. Il ne restait plus rien du pont de pierre qui enjambait l'Oise. Des troupes, dont il ne distinguait pas la nationalité étaient en train de monter un pont provisoire en treillis métallique. Les véhicules ne pouvaient pas encore le franchir, mais un passage pour les piétons y était aménagé. Dès qu'il fut dans la rue principale qui smenait à l'hôtel de ville, Fernand aperçut l'enseigne d'un barbier-coiffeur. Il aurait aimé paraître plus propre et sentir bon pour Marcelline et ses enfants.

A tout hasard, il entra dans la boutique où les deux sièges étaient inoccupés ; le maître barbier était assis sur une chaise, attendant les clients. Fernand lui expliqua qu'il rentrait d'Allemagne, qu'il avait été prisonnier pendant cinq ans et qu'il attendait son train pour retrouver sa femme et ses enfants qu'il n'avait pas revus depuis le début de la guerre. Il hésita à lui demander la faveur d'un petit rafraichissement. Le voyant ainsi et sans lui dire un mot, le barbier lui fit signe de s'installer sur l'un des énormes fauteuils pivotants et il lui passa une serviette autour du cou. L'homme n'osa pas lui poser de question, il devinait sur son visage la douleur vécue de ces années passées. Il lui fit un shampoing, savonna sa barbe à deux reprises qu'il rasa de près et lui coupa les cheveux. Se relevant du fauteuil, Fernand se regarda dans le miroir, passa sa main sur ses joues, il se sentait bien. L'homme garda le silence et ne lui demanda rien. Fernand le remercia chaleureusement et se recoiffa de sa casquette qui gardait les traces de son long séjour en Allemagne. Il promit au barbier de revenir le voir un jour.

Fernand regagna la gare et pressa le pas, la micheline de Cambrai attendait. Il prit place à l'intérieur où quelques voyageurs étaient déjà installés. Fernand était heureux mais aussi inquiet. Comment allait-il retrouver son village ? Avait-il été bombardé ? Comment allait-il retrouvé celle qui n'avait pas quitté ses pensées pendant six ans ? Etait-elle en bonne santé ? Et ses deux enfants dont il ne connaissait pas le dernier ? Sa ferme, comment la retrouverait-il ? Toutes ces questions lui traversaient l'esprit : « je reconstruirai tout s'il le faut, la guerre est terminée » se disait-il. Le chef de gare siffla le départ sur le quai et la micheline se mit en mouvement. Fernand, sa musette sur les genoux, était comme un enfant qui prenait le train pour la première fois. Ses yeux balayaient de gauche à droite le wagon et il redécouvrait à travers les grandes vitres, les plaines de sa Picardie natale, si chère pour lui. Il tendait le cou à chaque station pour apercevoir les gens, mais aussi pour voir si la guerre n'avait pas dévasté ses souvenirs. Lorsqu'il arriva à Laboissière-en-Santerre, rien n'avait changé. Il ne reconnaissait aucun des voyageurs qui descendirent avec lui. On ne l'attendait pas non plus. Il prit la direction du passage à niveau et même la garde barrière lui fut inconnue. Il s'élança d'un bon pas sur le milieu de la chaussée, prenant la direction de Fécamp, Remaugis et enfin Onvillers. Lorsqu'il traversa Fécamp, des femmes sortirent sur le pas de leur porte pour le regarder passer. Fernand avait bien changé avec ses cinq années de captivité. Il entendit l'une d'elle dire à sa voisine :

– On dirait ch'Fernand d'Onvillers.

– C'est donc li, il n'est point mort à ch't'heure ? Ch'femme elle va être fin heureuse d'el l'are vouèr !

Fernand salua les deux dames et poursuivit sa route. Les chiens aboyaient au passage de cet inconnu ; pour Fernand c'était un bon accueil. Après avoir traversé Remaugie, il coupa à travers champs et aperçut le clocher de son village. Il remarqua les fumées s'échapper des cheminées, il chercha à distinguer celle de sa ferme et, la découvrant, il imaginait sa petite famille impatiente.

Dès qu'il fut dans la rue principale, marchant la tête haute au milieu de la chaussée, sa musette à l'épaule pour seule arme, il avait le sentiment de défiler en vainqueur dans son village, recevant les honneurs des quelques rideaux qui se tiraient sur son passage, avec les regards qui restaient à l'arrêt.

Lorsqu'il franchit le porche de la ferme, de sa ferme, Marquis, le vieux chien de garde aboya, tirant sur sa chaîne. Il semblait avoir reconnu son maître, faisant des bonds de joie. Marcelline sortit immédiatement de sa cuisine ; essuyant ses mains à son tablier, elle courut vers Fernand et lui sauta au cou. Les deux petites filles l'avaient suivie mais restèrent sur le seuil de la porte, à regarder leur maman qui enlaçait à n'en plus finir ce monsieur qu'elles ne connaissaient pas. Marcelline se retourna, les yeux rouges et :

– Viens donc Juliette, viens Hélène, venez mes tchiotes, chés vote père qu'est d'retour, venez l'embrasser.

Fernand découvrit ses deux filles et, s'essuyant les yeux du revers de la manche, il déposa sa musette au sol, se baissa et les prit toutes les deux dans ses bras pour mieux les embrasser. Marcelline les invita à rentrer et elle ôta la veste de son prisonnier comme pour effacer d'où il venait.

– Prends tes aises min Fernand t'es d'retour à ch'maison. Veux-tu un tchiot café bien chaud ? Dès qu'la Mauricette m'a apporté ch'télégramme, min sang n'a fait qu'un tour et j'crois bin qu'la Mauricette aussi, elle était fin heureuse d'apprendre tin retour, mon Fernand. J't'ai fait un'bonne brioche.

– Je vais aller dire bonjour à mes parents et à ma sœur, ils ont dû apprendre mon retour ! Est-ce qu'ils t'ont aidée pendant mon absence ?

– Bah…, hein !…, penses-tu ! Il a fallu que j'me débrouille toute seule. Mais tu iras les voir après, y z'ont sûrement bien des choses à t'dire !

– Alors raconte-moi tout Marcelline, es-tu en bonne santé ? La ferme a l'air bien entretenue, j'ai l'impression de l'avoir quittée hier. Mais comment as-tu fait avec toutes ces volailles dans la cour ? Combien y-a-t-il de vaches à l'étable et ma Brunette comment va-t-elle ? Comment qu't'as fait pour chés terres à cultiver ? T'as réussi à faire la moisson, mais comment t'as donc fait ? Mi j'n'ai pas arrêté d'penser à ti pendant toutes ces années.

Fernand n'avait fait aucun rapprochement sur la naissance du garçon qu'il espérait avoir quand il est parti, il avait deux belles petites filles sur ses genoux qui ne cessaient de le regarder et il en était très heureux. Elles étaient surprises de voir cet homme que leur maman venait régulièrement embrasser.

– Tu sais min Fernand ça n'a pas été facile, tu sais ! J'ai bin pensé à ti pendant six ans et c'est pour ti qu'j'ai tout fait pour maintenir ch'ferme. T'mère comme tant d'autres auraient aimé que j'n'y arrive point pour nous prendre tout. Mais j't'aime trop min Fernand, j'ai tout fait pour m'en sortir. J'voulais à tout prix que tu retrouves t'ferme comme elle était quand tu es parti.

– Je veux bien te croire mais alors raconte-moi !

– Eh bien, d'abord j'ai eu la chance d'avoir Fine, la voisine, près de moi pendant six ans. Elle s'est beaucoup occupée des tchiotes. Et puis il y a eu

Monsieur Duchaussoy, Stéphane de la ferme Laribeaudière et aussi un monsieur de Boulogne que ch'boulanger m'a fait connaitre pour m'aider. Y en aurait bien eu d'autres tu sais, mais ils avaient des intentions que je n'voulais point.

– Je comprends ma Marcelline, une femme seule pendant des mois et même des années, ça amène des tentations.

– A l'étable, nous avons trois vaches qui donnent bien. Je fais toujours mon beurre et mes petits cœurs que je vends bien. La Brunette nous a quittés, y a déjà quequ's années ; je l'ai remplacée par Coquet qu'j'ai acheté à la foire d'Montdidier. Avec Fine, on a engraissé un cochon qu'on a tué y a peu d'temps et qui est conservé dans le sel, dans les jarres à la cave. Min jardin il est fin propre et j'ai même fait des confitures d'prunes.

– Mais alors pour les travaux des champs comment faisais-tu ?

– Bah !... Je me suis faite aider et c'est ce qui n'a pas été facile pour mi, c'est dur pour un'femme tu sais !

– J'te comprends mais alors dis-moi ?

– J'n'peux pas tout t'dire maintenant ça serait trop long, mais quand chés filles seront couchées, au soir, j'te dirai tout.

– Je comprends Marcelline, six ans c'est long quand même !...

– Tu sais min Fernand, tout ce que j'ai fait c'est pour sauver not'ferme. Je me suis privée, j'ai fait des économies, j'ai bien vendu mon beurre et mes fromages ; ce que j'peux t'dire, c'est qu'à la cave dans la boite à masque à gaz, y a de l'argent. Nous n'sommes pas dans le besoin. Ça a été du sacrifice tu sais !

Fernand passa à la buanderie pour se faire une bonne toilette. Marcelline lui fit chauffer une bassine d'eau pour lui apporter un peu de douceur. Elle lui apporta des vêtements propres qui avaient attendu son retour dans la naphtaline. Puis, ils déjeunèrent tous les quatre autour de la grande table rectangulaire. Fernand regarda le poste de T.S.F. mais il ne voulut rien entendre de cette guerre qui, pour lui, était terminée. Au milieu du repas, quelqu'un frappa à la porte de la cuisine : c'était Fine ! Marcelline l'avait prévenue du télégramme de Fernand la veille, aussi ne changea-t-elle pas son habitude quotidienne de venir voir Juliette et Hélène, mais elle devança un besoin pour Marcelline et Fernand de se retrouver seuls.

Après six années de séparation, ils se retrouvèrent comme au premier jour de leur union, ils réanimèrent avec ardeur des moments de bonheur de jeunes mariés. L'après-midi passé, vers 17 heures, ils sortirent de leur refuge, la lumière du jour les éblouissait. Ils semblaient gênés de s'être acquitté de cet égarement, alors qu'ils entendaient les coups de sabots dans les bat-flancs de l'écurie et des meuglements venant de l'étable.

Marcelline était rappelée à l'ordre dans ses obligations, elle devait mettre la fourchée de foin dans les râteliers. Fernand s'empressa :

– J'vas aller rendre visite à mes parents et après, j't'aiderai pour traire.

– T'inquiète donc pas mon Fernand, je pense que ta mère va avoir beaucoup de choses à t'dire sur mi…

Il resta près de deux heures. Marcelline voyait déjà l'acharnement de sa belle-mère à raconter ce qui s'était passé, en noircissant les faits. Fernand aimait trop Marcelline pour entendre quoi que ce soit sur elle. Quand il fut de retour, il se dirigea vers l'étable pour rejoindre Marcelline qui s'affairait à la traite de ses trois vaches.

– Alors dis-moi Fernand, qu'est-ce qu'elle t'a dit t'mère sur mi ? Rien de bien j'suppose ! Tu sais, je m'attends à tout avec elle, mais je te dirai au soir la vérité ; j'n'veux pas qu'tu me juges mal. Je reconnais qu'c'est pas bien, mais tu sais… Mi je suis un'femme et les risques, c'est nous qui les prenons.

– Je ne comprends pas Marcelline ? Elle ne m'a rien dit de mal, elle m'a simplement dit qu'elle ne te voyait jamais, qu'tu étais toujours très occupée avec la ferme et qu'elle était fort contente de me revoir !

– C'est tout c'qu'elle t'a dit ?

– Je t'assure Marcelline, elle a, comme elle a toujours eu pour toi, de bons sentiments.

– Ecoute Fernand, je veux bien, mais y faudra quand même qu'j'te dise des choses au soir ; tu sais ça n'a pas été facile pour mi.

– Je veux bien l'croire Marcelline, quand je vois comment tu as tenu notre ferme pendant six ans.

Ils terminèrent la traite ensemble. Fernand n'eut aucun mal à retrouver les bons gestes qu'il avait tant de fois mis en application dans les différentes fermes de la Bavière.

Fine ramena les deux petites filles. Elle leur avait parlé de leur papa tout l'après-midi comme d'un héros. Elles n'avaient pas encore fait le lien avec cette personne inconnue qu'on leur demanda d'embrasser et d'appeler subitement “papa”. Fernand apprécia le dévouement de Fine pour Marcelline et il l'invita à rester dîner avec eux ce soir-là. Quand il partit en 1939, il connaissait très peu Fine, qui était pourtant sa voisine. C'était une femme timide, qui ne sortait de sa maison que pour des obligations et la messe dominicale. Fernand apprécia le soutien qu'elle avait apporté à Marcelline.

Marcelline avait préparé, comme pour un grand soir, une bonne potée avec une épaule du cochon qu'elle avait tué avec Fine et des bons légumes du jardin. Ils étaient heureux tous les cinq réunis. Juliette et Hélène commençaient à se familiariser avec leur papa. Fine demanda à Fernand :

– Alors, raconte-nous ces années de guerre, tu as été prisonnier ? Ça n'a pas dû être facile toutes ces années…

– Ça a été très dur, mais j'avoue que j'ai eu de la chance. Il m'a fallu être patient et mes prières chaque soir ont eu raison et m'ont donné l'espoir de vous revoir.

– Tu sais Fernand, j'ai fait de mon mieux pour Marcelline ; ça a été long pour elle ces six ans. Je l'ai aidée dans des moments difficiles ; crois-moi Fernand, ta femme elle a du mérite, je pense que ce soir lorsque vous vous retrouverez tous les deux, elle te racontera tout ce qui s'est passé pendant ces années, surtout Fernand…

Fine n'en dit pas plus long ; elle laissa à Marcelline le soin de lui raconter toute la vérité pour ne pas laisser vociférer toutes sortes de ragots, dont leurs colporteurs en feraient feu par méchanceté. Fine quitta la maison à la tombée de la nuit. Juliette et Hélène embrassèrent leur papa et rejoignirent leur chambre. Marcelline, après avoir débarrassé la table, fit la vaisselle. Elle était silencieuse et n'avait plus les mots. Fernand la regardait en fumant sa cigarette : il n'avait lui non plus rien à dire. Il restait encore sous le choc de son retour ; il se retraçait cette fin mouvementée de captivité et n'arrivait pas encore à réaliser le bonheur de son retour à Onvillers.

– Fernand, aujourd'hui c'est un grand jour et c'est le premier soir où nous nous retrouvons. J'ai remonté de la cave la bouteille de goutte qui date de notre mariage que l'père Zélesta nous avait offerte, des pommes de son verger. Nous allons nous en verser un tchiot verre mon Fernand et nous allons trinquer à c'grand jour.

– T'as bien raison, c'est un grand jour et en plus moi je trinque avec toi pour tout ce que tu as fait ma Marcelline, pour not'ferme pendant chés six années.

– Oh ! n'dis pas cela min Fernand, j'vas devoir te dire des choses au soir qui vont p't'ête'point t'plaire, tu sais !

– Mais non Marcelline, allez, levons notre verre à nos retrouvailles !

– A ton retour Fernand ! Mais… Fernand ? Y faut que j'te dise !

– Je t'écoute Marcelline !

Marcelline ne savait pas comment annoncer le drame qu'elle avait vécu et dont elle reconnaissait ses fautes. Apparemment, la mère de Fernand n'avait rien dit, ne sachant peut-être pas comment aborder la chose ou bien, fort probablement, pour ne pas entacher l'honneur de son fils. Marcelline ne voulut pas passer sous silence ce qui la rongeait encore aujourd'hui. Elle savait très bien qu'un jour cela viendrait aux oreilles de Fernand et où, il n'apprécierait sûrement pas. Elle voulut se libérer de ce fardeau et surtout devancer tout propos dévastateur :

– Tu sais mon Fernand, je vais devoir t'annoncer un'faute que j'ai faite pendant qu't'étais à la guerre.

J'ai honte min Fernand, je veux qu'tu m'pardonnes min Fernand !

– Mais dis-moi, c'est si grave que cela ?

– Oui min Fernand, c'est très grave. J'ai fauté avec un homme d'Boulogne qui m'avait aidé à faire du bois et… ! J'me suis retrouvée enceinte de li.

Marcelline s'écroula en pleurs ; elle mit sa tête dans ses bras repliés sur la table. Elle avait de gros sanglots. Fernand resta immobile sans dire un mot. Il venait d'encaisser un choc dont il ne portait pas encore l'affront. Subitement, il eut le souvenir d'Alberta et il se posa la question : « mais ! Je n'ai jamais eu de nouvelles et si cela lui était également arrivé… ». Fernand se ressaisit ; il posa sa main sur le bras de Marcelline qu'il caressa doucement comme pour diminuer sa peine et lui faire ressentir sa compassion. Marcelline se releva, les yeux rouges ; les larmes coulaient sur ses joues, elle lui dit :

– J'te demande pardon Fernand, ne me juge pas mal, je t'aime Fernand, je souffre tu sais et je te prouverai mon amour.

Fernand tira son grand mouchoir de sa poche et lui sécha les joues. Il imaginait subitement que peut-être, à six cents kilomètres de là, au-delà des frontières, une même scène pouvait se produire dont il serait le fautif.

– Marcelline, sèche tes larmes, j'te pardonne, je comprends ta douleur. Tu n'as pas commis de faute. C'est cette guerre qui nous a séparés trop longtemps ; nous sommes jeunes et nous n'avons pu résister à nos sentiments et aux tentations de nos corps.

– Mais Fernand, c'est de ma faute ! Pourquoi dis-tu nous ? c'est moi la fautive !

– Non Marcelline, je suis aussi fautif, parce que moi aussi je n'ai pu résister à une femme en Allemagne, qui était comme toi à la tête d'une ferme dont le mari était à la guerre. J'ai aussi fauté à cause de sentiments que nous avions l'un pour l'autre. Son beau-père nous a surpris et j'ai été muté dans une autre ferme. Je ne sais pas ce qu'elle est devenue… moi, je suis un homme mais peut-être qu'elle, là-bas, qu'elle… J'ai encore plus honte que toi parce que je suis un lâche en l'abandonnant. Marcelline sèche tes larmes. Je me battrai s'il le faut pour défendre notre honneur. Marcelline, j't'aime trop min tchiote.

Fernand et Marcelline ne s'en dirent pas plus ce soir de retrouvailles. Ils avaient été séparés près de six années dont quatre sans aucune nouvelle. Ils allèrent se coucher et restèrent enlacés toute la nuit. L'un et l'autre vivaient le même drame. Si Marcelline en avait connu l'issue, Fernand lui, restait dans le doute que peut-être là-bas, un enfant ne connaitrait pas son père. La maman garderait-elle son enfant issu aussi, d'un amour de la solitude ? Elle devra garder en secret sa faute et ne pourra en effacer Fernand.

Ils eurent beaucoup de mal à trouver le sommeil cette nuit-là. Sur le matin, Marcelline fit à Fernand le récit de la naissance de sa petite Gisèle avec les circonstances de son abandon. Elle lui précisa que ce furent sa mère et sa sœur qui, un matin, voulant sauver son honneur, l'emportèrent pour la remettre aux sœurs de la Charité à Amiens.

Marcelline resta meurtrie. Elle s'effaça devant les affronts qui revinrent à la surface les années qui suivirent et Fernand remit en place, à plusieurs reprises, les calomnieux qui cherchèrent à les salir. Rien ne put enrayer leur amour. Ces années de guerre et de séparation renforcèrent les certitudes de leurs sentiments l'un pour l'autre. Dès l'année suivante, Juliette et Hélène eurent un petit frère et l'étable s'agrandit : la ferme se développa si bien qu'ils projetèrent d'en devenir propriétaires. Fernand s'impliqua dans une association locale d'anciens prisonniers ainsi que pour sa commune.

Marcelline ne put éteindre la petite flamme qui resta en elle pour celle qui fut indirectement, une victime des égarements amoureux de jeunes couples séparés par la guerre et qui firent aussi des orphelins.

Elle garda dans son cœur le visage inaltérable des courts instants de Gisèle dans ses bras. Elle chercha le pardon dans ses prières quotidiennes qui prolongèrent le long calvaire de son abandon.

*

*   *

Que deviendra Gisèle abandonnée au monastère des Visitandines, en 1942 ? Parviendra-t-elle à construire sa vie ? Quels seront ses adoptants et changeront-ils son destin ? Que deviendra Marcelline qui la sacrifia, pour sauver l'honneur de Fernand prétendument souillé ?

A suivre dans :

Gisèle ! Qu'ont-ils fait de toi...

Cet ouvrage a été composé par Edilivre

175, boulevard Anatole France – 93200 Saint-Denis
Tél. : 01 41 62 14 40 – Fax : 01 41 62 14 50
Mail : client@edilivre.com

www.edilivre.com

Tous nos livres sont imprimés
dans les règles environnementales les plus strictes

Tous droits de reproduction, d'adaptation et de traduction,
intégrale ou partielle réservés pour tous pays.

ISBN papier : 978-2-332-57433-6
ISBN pdf : 978-2-332-57434-3
ISBN epub : 978-2-332-57432-9
Dépôt légal : juillet 2013

© Edilivre, 2013

Imprimé en France, 2013

N° d'impression : 164315